人文
诗散
丛文
书

邰　筐◎著

夜莺飞过
我们的城市

河北出版传媒集团

花山文艺出版社

河北·石家庄

图书在版编目（CIP）数据

夜莺飞过我们的城市 / 邰筐著. —石家庄：花山文艺出版社，2021.3

（"诗人散文"丛书）

ISBN 978-7-5511-5436-9

Ⅰ.①夜… Ⅱ.①邰… Ⅲ.①散文集－中国－当代 Ⅳ.①I267

中国版本图书馆CIP数据核字（2020）第247042号

策　　划：曹征平　郝建国

丛 书 名："诗人散文"丛书

主　　编：霍俊明　郁 葱　商 震

书　　名：**夜莺飞过我们的城市**
Yeying Feiguo Women De Chengshi

著　　者：邰　筐

责任编辑：冯　锦
责任校对：李　伟
装帧设计：王爱芹
美术编辑：胡彤亮
出版发行：花山文艺出版社（邮政编码：050061）
　　　　　（河北省石家庄市友谊北大街330号）
销售热线：0311-88643221
传　　真：0311-88643234
印　　刷：河北新华第二印刷有限责任公司
经　　销：新华书店
开　　本：880mm×1230mm　1 / 32
印　　张：6.75
字　　数：125千字
版　　次：2021年3月第1版
　　　　　2021年3月第1次印刷
书　　号：ISBN 978-7-5511-5436-9
定　　价：43.00元

第二季总序

◎霍俊明

　　花山文艺出版社在2020年1月推出《"诗人散文"丛书》（第一季），收入翟永明《水之诗开放在灵魂中》、王家新《1941年夏天的火星》、大解《住在星空下》、商震《一瞥两汉》、张执浩《一只蚂蚁出门了》、雷平阳《宋朝的病》以及霍俊明的《诗人生活》，共计七种。《"诗人散文"丛书》（第一季）推出后，立刻引发诗歌和散文界的高度关注并成为现象级的出版个例。

　　庚子年是改变世界的一年，我在和一些诗人以及作家朋友的交谈中注意到，很多人的文学观甚至世界观正在发生调整和变化。在写作越来越强调个人而成为无差别碎片的写作情势下，写作者的精神能力、写作经验以及文体观念都受到了一定的忽视或遮蔽。由此，"诗人散文"正是应对这一写作难题的绝好策略或路径之一。

　　此次《"诗人散文"丛书》（第二季）的入选者是国内具有影响力的老中青年三代诗人，包括郁葱《江河记》、傅天琳《天琳风景》、李琦《白菊》、沈苇《书斋与旷野》、路也《飞机拉线》、邰筐《夜莺飞过我们的城市》、王单单《借人间避雨》。

由这些面貌殊异、文质迥别的文本，我们必须强调"诗人散文"并非等同于"诗人"所写的"散文"，而是意味着这近乎是一个崭新的话语方式。这一特殊话语形态的散文凸显的是一个写作者的精神难度和写作能力，它们区别于平庸的日常化趣味，区别于故作高声的伪乌托邦幻梦，同时也区别于虚假的大主题写作和日益流行的媚俗的观光体和景观游记。甚至在一定程度上这些"诗人散文"因为特殊的诗人化的语调、修辞、技艺以及个人化的历史想象力和求真意志的参与而呈现出别样的文本质地和思想光芒。

他们让我们再次回到文体和写作的起点和初心，如果没有持续的效力、创造力以及发现能力，文学将会沦为什么样的不堪面目？

然而吊诡的是我们越来越迫不及待地谈论和评骘此刻世界正在发生的、作家们急急忙忙赶往现实的俗世绘。与此同时，人们也越来越疲倦于谈论文学与现实的复杂关系。由此，我们读到的越来越多的是"确定性文本"，写作者的头脑、感受方式以及文本身段长得如此相像却又往往自以为是。

蹭热度的、媚俗的、装扮的、光滑的、油腻的文本在经济观光带和社会调色板上到处都是。这既是写作者个人的原因，也是整个文学生态和积习使然。一个作家不能成为自我迷恋的巨婴，不能成为写作童年期摇篮的嗜睡症患者。尤为关键的是文学的"重""轻"以及作家的自我定位和现实转化的问题。无论文学是作为一种个人的遣兴或"纯诗"层面的修辞练习，还是作家试图做一个时代的介入者和思想载力的承担者，我始终相信语言能力和思想能力缺一不可。

2017年8月到2018年8月，一年的时间我暂住在北京南城胡同区的琉璃巷。每天上下班我都会经过南柳巷的林海音（1918~2001）故居（晋江会馆旧址），院内的三棵古槐延伸、蔓延到了墙外。偶尔我也会闪现出一个念头，历史和现实几乎是并置在一起的，甚至有时候面对一个事物我们很难区分它到底是历史的还是现实的。而胡同附近就是大栅栏，在翻新的街道以及人流熙攘的商业街上我看到鲁迅当年喝茶、小酌、聊天的青砖小楼青云阁（蔡锷在此结识了小凤仙）。以暂住地为中心，我惊奇地发现在北京生活了十四年之久的鲁迅几乎就在当下和身边——菜市口附近的绍兴会馆、虎坊桥附近的东方饭店、西单教育街1号的民国教育部旧址、赵登禹路8号北京三十五中院内的周氏兄弟旧址……每天在中国作协上下班，我都会与一楼大厅的鲁迅铜像擦肩而过。几十年之后，先生仍手指夹着香烟于烟雾中端详着我们以及当下这个时代。毫无疑问，每一个重要作家都会最终形成独一无二的精神肖像。"多少年来，鲁迅这张脸是一简约的符号、明快的象征，如他大量的警句，格外宜于被观看、被引用、被铭记。这张脸给刻成木刻，做成浮雕，画成漫画、宣传画，或以随便什么简陋的方式翻印了再翻印，出现在随便什么媒介、场合、时代，均属独一无二，都有他那股风神在，经得起变形，经得起看。"（陈丹青：《笑谈大先生》）

鲁迅是时代的守夜人，是黑夜中孤独的思想者，但鲁迅留下的远不止于此。他留下的是一本黑暗传和灵魂史。

我想，这正是先生对后世作家的有力提醒。"诗人散文"，同样如此！与此同时，我也近乎热切地期盼着《"诗人散文"丛书》（第三季）的尽快面世！

2020年11月9日于团结湖

目　录

CONTENTS

第一辑【诗话】 云雀与竖琴

诗歌语言的生成应该是三吨海水和一把盐的关系，是一座花园和你舌尖上一滴蜜的比例。诗人和这个世界的关系应该是构建一条你个人与这个世界对话的秘密通道，从而达成和解的关系。诗人与这个时代的关系应该是一个逃票进入电影院，躲在黑暗角落的小孩和大银幕的关系。

诗话：云雀与竖琴

1

《南华经》开头有这样一段话："北冥有鱼，其名为鲲。鲲之大，不知其几千里也。化而为鸟，其名为鹏。鹏之背，不知其几千里也。怒而飞，其翼若垂天之云。是鸟也，海运则将徙于南冥……"庄子的这段话无意中概括出了一个写作者的几个阶段：一个人写作的过程，其实就是一个由"鲲"变"鹏"的过程。只有语言生出了翅膀，才能飞离地面飞离现实，找到那种轻盈的感觉。而"北海"是现实中的故乡，"南海"是精神的故乡。一个人一生的写作，就是从北海到南海的迁徙过程，就是从现实家园出发，去寻找精神家园的过程。

2

卡尔维诺说，一匹野马的速度远比一百匹家养的马都要快得多。他说的应该就是那种没有被污染的语言吧。想想吧，我们常用的汉字也就五六百个，从我们的老祖宗就开始用，几千年了，每个字上面都沾上了一层厚厚的灰尘。一个好诗人，他所用的汉字应该都是被他清洗过的，并随手在上面留下了自己的印记。

3

书架上堆满了书，但真正读完的却很少。有些书买了好多年甚至还没来得及打开塑封。它们待在我的书房里，就像被冷落后宫的三千嫔妃，而落灰的书格就像一座座冷宫。直到有一天，我从生计奔忙中偶尔抽身，能有闲暇拂去书架上的灰尘，然后抽出一本打开塑封慢慢读。读着读着就感觉字里行间那么熟悉，就像在陌生城市遇见一个多年老友。再抽出一本，打开塑封来读，依然有故旧之感。我一瞬间陷入恍惚，或许三千册书都早已把我当成挚友，它们就像一群身怀绝技的气功大师，日夜朝我发功，让书香之气包围了我，慢慢沁润了我的内心。

4

诗歌语言的生成应该是三吨海水和一把盐的关系，是一座花园和你舌尖上一滴蜜的比例。诗人和这个世界的关系应该是构建一条你个人与这个世界对话的秘密通道，从而达成和解的关系。诗人与这个时代的关系应该是一个逃票进入电影院，躲在黑暗角落的小孩和大银幕的关系。

5

好诗人应该有一个巨大的胃，要有对生活超强的反刍和消化能力，就像一头奶牛，吃进去青草，挤出奶。要让语言在你那儿产生化学反应。

6

我相信，一首好诗本身就是有生命的。我常常有这样一种感觉，在静静的深夜里读到某首好诗的时候，突然就听到某个人的心跳和喘息声，隐隐从纸页间传来。

7

如果说写诗也算是一项专门的手艺的话，它必须具备一些必要的因素。一首诗仅仅语言优美是不够的，还要会造境；一首诗仅仅有好的意境是不够的，还要做到言之有物；一首诗仅仅言之有物是不够的，还要有精神高度；一首诗仅仅有精神高度是不够的，还要有让人扼腕一叹的灵犀。

8

一个诗人仅仅有才华是不够的，还要有情趣；一个诗人仅仅有情趣是不够的，还要有思想；一个诗人仅仅有思想是不够的，还要有境界；一个诗人仅仅有境界是不够的，还要有胸怀。

9

好诗像桃子，它的外在形式应是现代的丰富的新鲜的富有质感的；好诗像核桃，剥开坚硬的壳之后，就会露出思想的核；好诗像锥子，会毫不手软地扎进时代的腐肉里；好诗像锤子，要具有刀削斧凿的力度；好诗像美女，你说不出究竟是她的眼睛更好看还是鼻子更好看，那应该是多一分显肥少一分则瘦的匀称，是"回眸一笑百媚生，六宫粉黛无颜色"的娇媚；好诗是附着在生活泥沼上面的沼气，它是化腐朽为神奇后的云蒸霞蔚；好诗是一把万能钥匙，能打开所有心灵的锈锁，会让你找到与整个世界对话的通道。

10

诗歌的写作过程就好比抽水机抽水的原理，要让从心灵本源出发的情感再上扬到你的大脑沉淀、过滤一遍，或许会达到一种冷静、深刻和智慧的状态，并多出一种被称为"思想"的成分。

11

与这个飞速的世界相比，文字的速度是缓慢的，这个时代诗意的消失恰恰是因为疯狂的速度。诗人不是这个时代的加速器，而是应该懂得如何去控制速度的人，他脚下踩的应该是理想作用于现实的制动器。

12

王国维在《人间词话》中有段话："词人者，不失其赤子之心者也。故生于深宫之中，长于妇人之手，是后主为人君所短处，亦即为词人所长处。"他说的赤子之心，应该就是那种没有被外界所熏染过的孩童之心吧。在这个红尘世界里，诗歌就是一张最好的过滤网，一个诗人写诗的过程就是自我清洗的过程，日复一日，清洗着灵魂沾染的灰尘，使自己在飞速的城市化进程中不至于那么脏。这也正是我一直坚持写诗的原因所在。

13

写诗最忌讳写出诗眼，俗称光明的小尾巴，好像最后情绪不往上拔一下，就有一口气憋着没吐出来一样。我早就懂得这个道理，但操作起来依然会时不时进入这个误区，所以每次写完一首诗我都下意识地摸摸屁股。

14

如果诗歌是一种炼金术，它应该具备中国古典诗歌的那种包浆，有俄罗斯白银时代诗歌的线条，亦有美国现代诗歌独有的硬朗。要把每个汉字都炼成一个蜂巢，把句子炼成绝壁，把段落炼成峡谷，把一首诗炼成一场随时可以爆发的风暴。

15

有时走在人群中，你会不会突然就有一种无家可归的感觉？这种感觉很恍惚，也很强烈。诗人待在任何一个地方，其实都是一个异乡人。这种感觉可能与飞速发展的城市化进程有点儿关系，但归根结底还是和灵魂的孤独有关。对于永恒的天地来说，诗人和其他人一样，都只是一个匆匆过客。换句话，对于这个世界来说，诗人都是来自外星球的不速之客。他身体里消化着人间的五谷杂粮，他的灵魂深处，却永远藏着一个天堂。

16

小说家和诗人之间是有一定差别的。小说家善于把一件简单的事情无限地放大和复杂化；而诗人却需要把对这个世界的复杂经验尽可能地简单化。这个由复杂到简单的过程就是情感浓缩和提纯的过程。

17

好的诗歌应该是连接过去和未来的一小截光明的隧道，是架接在现实与梦境之间的一段桥梁。我们能不能带着回忆的气息写一写当下，让语言在现实的世界里向着未来做着诗意的运动呢？

18

每个人都有期待，诗人也不例外。甚至，一个诗人对他诗歌的期待可能远远超出一个农民对一亩花生收获的期待。一个诗人前面的定语再多，按语法删减到最后，留下的只是"人"字。作为一个正常的诗人，应该有不错的生活能力，不

能因为你写诗就取得了精神上的特权。诗人们经常标榜的诸如
"善良、悲悯"等一些字眼，仅仅停留在文字上是不够的。

19

一个人在写作之前首先要成为一个精神上的常人，像常
人一样说话、处世。我向来对那些貌似高深一副艺术家哲学家
思想家模样的人起疑。这世界从来都不缺文字霸权者和精神自
大狂，我们这一代最大的或许不是诗艺问题，而是个人修养和
文化素质问题。古希腊有这样一个传说，俄狄浦斯王在忒拜城
外，遇到了一个专门出谜题的怪物——狮身人面兽，俄狄浦斯
王猜中了怪物的谜底是人，从而打败了怪物。这个传说给了我
不小的启示：一个好的诗人正是那个掌握了谜底的人，而不是
那个出题的思想怪物。

20

一个诗人写到最后无非是表达你个人对这个世界的理
解。面对今天这个时代，如何以一个怀疑者的态度，以一个异
乡人的身份重新审视和反思我们所经过的这段历史，重新判断
我们所面临的一切？如何为城市文明的进程寻求一条抵达理想
之城的救赎之路？为普通大众寻求一处城市化过程中生命根基
错位后的精神和肉体双重漂泊无依、堕落放纵和麻痹冷漠的一

处收容之地？对于诗人来说，这始终是个难题。

21

《诗经》之前的上古歌谣里有一首《弹歌》，全篇只有八个字：断竹，续竹；飞土，逐宍（ròu 肉）。却写出了从制作工具到获取猎物的全过程，容量之大，可以轻松装下一部长篇。八个字勾勒出极简的细节，也非常有画面感。第一个场景：一群裹着树叶、兽皮的先民在原始竹林里用石斧砍伐竹子；第二个场景：一群先民用骨刀把砍下的竹子削枝、去叶、破竹成片，然后用野藤之类韧性植物连接竹片两端，一步步把它制成一张弹弓；第三个场景：一群先民捡拾大小不一的石子，然后打磨成适合发射的子弹，装到弓上打出去；第四个场景：弹弓手瞄准飞禽或走兽，一旦击中，大家便向受伤的鸟兽飞奔而去，一起参与围猎。

这是我目前读到的一首最古老的诗歌，它和当时的社会生活密切相关。当然这种简短或许是早期书面语言表达尚处于雏形阶段的反映。然而以今天的艺术鉴赏眼光来看，这种来源于真实生活和劳动的细节恰恰是我们今天最需要的。

22

每个人心里都曾藏着一个远方，我们最后都想到达那里。为了走得更远些，我们会随身背一口汉语的水井，怀揣一些梦想的盘缠。我们走了那么远那么远的路，才发现远方依然那么遥远，连缪斯的影子也没瞧见。最初的豪情万丈一点儿一点儿地熄灭，在黑夜里，我们沮丧地唱："我们一无所有，我们两手空空。"

23

其实一开始我们都是信的。我们都曾像仰望星空一样寻找缪斯女神的影子，在我们的心里，或许只有白天鹅那雪白的羽毛才能与之相匹配。后来，我们被现实教训得头破血流，在生活的泥淖一次次陷落，而诗歌也从一只优雅的天鹅变成了一只灰头灰脸的土鸡。我们因自身的庸俗而失去了信的力量。

24

也许，在这个世界上，任何怀揣梦想赶路的人都曾在寻找中彷徨过，但这不算什么，我们每个人都注定会成为一个失败者，不是败给了自己，就是败给了时光。

25

诗歌对于我们来说，也许从来就不是什么真理。恰恰相反，它很可能就是一个谬论。它不是方程式，不是牛顿定律，不是万有引力，不是量子力学，不是一成不变的答案。它很可能与常理背道而驰，是对惯性语言的出其不意。它不一定合理，但必须合情，必须从心灵的本源出发，必须经过情感的沉淀和日常经验的层层过滤。好的诗歌永远是最后留下的那一部分；好的诗歌应该藏在泪水的后头，在生活的背面；好的诗歌是心灵最深处的那泓清澈的泉水。

26

诗人都有两个家，一个是他的出生之地，一个是他在自己的心里建造的精神家园。诗人的写作就是在这两个家之间来回奔跑，离不开，也回不去。

27

人们在城里生活时间越长，心就走得越远；心走得越远，离开的欲望就会越来越强烈。大家似乎一开始就站在了一个悖论的诗歌立场上：即肉体生活在城市，灵魂却好像一刻也没在这里过，而是梦一般游荡在乡村；这个"乡村"也不是当下那个正不断遭遇强拆和空巢的乡村，而是一片深藏在他们童年和少年回忆里的甚至被他们净化过的精神私域，它的位置也许离心灵和天堂更近一些。

28

事情往往就是这样，只有那些在生活中顺应心灵的人才容易找到艺术的方向。写作不仅是反省和批判，更是自我净化和救赎的过程。在浮躁的生活中能抓住就抓住这眼前的一切吧！哪怕是在一个乌托邦里做着一个白日梦。

29

人们常说，真实是艺术的灵魂，但是谁又能界定"真实"的标准是什么？它如何定义？这可能就会遇到很多困难。肯定地说，真实是存在的，但是我们无法控制它。有时两者甚至是颠倒的。有时我们看到的已经不是真相，不是生活的本来面貌。因为写作者切入的角度不同，再加上构思的取舍，情感的过滤，层层下来，原初的信息就会被沿途丢掉许多。很多时候，生活是没有绝对真实可言的，我们仅仅是借助既定的经验和回忆来试图接近或还原生活的真相而已。一个写作者应该拥有他自己真实的标准，或者说，必须要有自己真实的内心。从一个侧面说，这是生活和内心的关系。要有能力去发现生活中不存在的存在和不真实的真实。并非对眼睛所见的现实进行一个全然的模拟或如照镜子般的映照，而是力求在目所能及的事物、直接的感觉与存在于事物本身之内的真实这两端之间进行成功嫁接，以还事物与现象一个出于心灵的、较恒久的真实，那就是文学的真实。

30

这些年，对于诗歌的热爱就像隐藏在身体里的偏头疼，它和我若即若离却又须臾没有离开；它让我既痛苦又快乐，就像毒瘾一般没法戒掉。

31

我只能说我们这一代在生活里陷得太深了。也许我们从来就不缺少直接来自生活的经验。我们小心地算计着人生的得与失，实际的、势利的、实用的、庸俗的。纯物质的社会重新把我们变回了一只只猴子，比猴子还精。

32

不遁世归隐，不画饼充饥，我固执地以为我的"天堂"就在人间，清除完垃圾我就准备在原地设计盖房。这里头当然充满了我对我们所处的时代及我们深陷其中的城市文明的探询、发现和质疑。就像一个自己还没填饱肚子的穷汉反而担心人家的饭菜味道不佳一样，一开始就带着强烈的讽刺意味，使我置身于尴尬的立场，像大战风车的堂吉诃德，像滚石上山的西西弗。

33

古人说"文如其人"。但活出个真我多么不易啊，尤其在一个虚伪欺诈的社会。好多人写了一辈子诗，本质上却是个俗不可耐的奸商。人类诗意的栖居是多么难啊。精于算计设计，人生就如一个局一个套，对面相居不相识，窥视的猫眼，盯梢的摄像头，除了自己还能相信谁呢？面容上堆积着虚假的笑容，眼里却是无边的冷漠。每个人心上都好像生了一层厚厚的茧子，心里的冷才是一种彻骨的寒。

34

无限放大诗歌的功能只是诗人的一厢情愿，而所有的偏执和自以为是往往都源于自视太高。两者的副作用基本是一样的。

35

诗歌就是现实的云霓，日常的奇迹。

36

写不写诗又有什么区别呢，只要你心里有爱。我们渴望真理，等待你的却极有可能是一个谬误。迷途中你举起诗歌的灯盏，照亮的不过是自己的灵魂。

37

这个时代，诗歌似乎只能成为副产品。是对生活这座宝藏的部分挖掘，是对社会某个层面的部分记录和解剖，是参与这个波澜壮阔的时代的个人见证。它的意义或许在于多年以后，通过诗歌还原了一小段历史里隐藏的心灵细节。

38

总结多年的职业生涯，我发现记者和写诗之间其实是有共性的：那就是当他们面对整个世界或某颗心灵的时候，敏感度都是一样的，总能比别人发现更多的细节。不同之处在于：记者偏理性些，诗人偏感性些；一名记者的眼光或许更敏锐更冷峻，一个诗人的内心或许更柔软更细腻。

当我作为一个记者去面对形形色色的人的时候，除了保持应有的理性和冷静，内心还会有诗人的柔软。而当我作为一个诗人面对这个世界的时候，我的内心也从不会丢失一个法治记者的理性和冷峻。

这两种身份的融合和碰撞，我期待在我身上产生的是化学反应，用"一颗柔软之心"去关照整个世界。

39

好的新闻是从肉里挑刺，是从芜杂里找到真相；好的诗歌是用一万朵花的花粉酿造一滴蜜。

40

职业的原因，我接触了大量腐败案例，我信箱里经常会收到各种含冤者发来的材料，每次收到这种信以后，我的心情都会受影响，替他们难过，却又无能为力。说句心里话，这对我多少造成了某些伤害，有时候觉得个人的声音太微弱了。太多的阴影和灰暗需要不断用心灵的阳光去擦拭。这也正是我之所以乐此不疲地甘愿做一个码字工的原因。

41

我一直固执地认为，好的诗歌犹如厚厚冰层下依然向前涌动的那股暖流；而好的诗人需要拥有一颗既柔软又冷酷的心。我更关心的往往是生活的背面发生了什么，这个世界的背后发生了什么；我总是对黑夜和世界未知的那一部分更感兴趣，对心灵深处隐藏的东西更感兴趣。

42

在我持续三十多年的诗歌写作中，对我影响最大的有两个人：一个是杜甫，另一个是波德莱尔。

从杜甫那里，我感受到的是他骑着毛驴子慢慢悠悠踏遍故国山河的从容之心；是他茅屋为秋风所破依然怀有"安得广厦千万间，大庇天下寒士俱欢颜"的忧国忧民之心；是他对万事万物保有的一颗悲悯之心，这种悲悯没有居高临下的道德优势，不掺杂任何世俗杂质，那是一种理想主义光芒的持久照耀。

从波德莱尔那里，我学到了一种完全有别于整个文学世界的审美方法，那就是在审丑中审美。他在《巴黎的忧郁》跋诗里这样写道："心中满怀喜悦我登上了山冈／从那里可以静观城市的广大／医院，妓院，炼狱，地狱和苦役场／那里所有的罪恶都盛开如花。"这四句诗几乎就可以概括波德莱尔所有的文学观念和文学主张。

43

写诗必须处理好个体经验区和情感共鸣区的关系。这两个区好比两个圆。这两个圆交合在一起的部分占多大比例是对一个诗人的考验。交合区域过大，就有可能流于空泛和浅鄙；交合区域过小，就有可能陷入诗歌艺术的象牙塔和钻了个体经验的牛角尖。

44

一个写作者要养成一种习惯，时时观察生活，并把自己的印象用清晰的、明确的语言表达出来。语言的独创不是杜撰一些谁也不懂的形容词。好的语言应该是拆开来看，每一句都很平淡，但放在一起，味道就出来了。好诗就是要写出人人心中有而笔下却无的东西。

45

自"五四"以来，鲜有好的城市诗歌出现。大部分所谓的城市诗歌要么只是躲在城市高高的楼群里朝着乡村偶尔的优雅回望，要么只是对城市表象的隔靴搔痒和居高临下的悲悯贩卖。在我有限的阅读视野里，印象深刻的是顾城的《鬼进城·之三》、王小龙的《出租车总在绝望时开来》、梁平的《重庆书》、杨子的《胭脂》、黄灿然的《货柜码头》。

46

书写对象决定你的言说方式。你站在城市的立交桥上面对川流不息的车流人流的时候，和你站在村庄月光下一片麦地里的心境肯定是不一样的。

47

圈养在都市的人类，只有日月的更替，而缺少了对四季的感知；我们已经记不清有多少个夜晚不再抬头看星星了。但你抬不抬头，星空都在那儿。你信与不信，诗神依然住在白云的城堡。

48

在城市拥挤的人群里，单靠外表已很难区分哪个是诗人。但我知道，诗人从来都是怀揣秘密图纸的那个人，就像卡尔维诺一样，每个人心里都装着一座"看不见的城市"，那是一个可以容纳诗神的地方。

49

自从柏拉图把诗人逐出城邦，两千多年来诗人在城市里的合法性一直就遭受着质疑。柏拉图对诗人的要求未免过于苛刻和偏激，他驱逐诗人的理由有三：一是诗人不够理性；二是诗人与现实太隔，离真理太远；三是对人性中低劣的部分过分宣泄，怕有不好的教化作用。但柏拉图并不抵触诗歌，因为他毕竟说过，"要是消遣的、悦耳的诗歌能够证明它在一个管理良好的城邦里有存在的理由，那么我们还是非常乐意接纳它的。当然，它必须有益于建立'正义'的城邦和培育'正义'的人格"。

理解了柏拉图的意图，他心目中好诗的标准自然也就出来了：好诗要理性、好诗要真实、好诗要有精神向度。这个标准不仅今天依然适用，我想就是再过两千年也不会过时。

50

英国诗人库泊曾说过："上帝创造了乡村，人类创造了城市。"这一句话好像一下子就定了性：乡村是神性的，而城市不过是物质的产物，诗神似乎并不住在那里。

51

"没有什么东西，无论是啤酒瓶颈、黄莺掉落的羽毛上的一滴露水还是街头生锈的街灯，都不会被一位作家所忽视；任何一个思想——最有力、最伟大的思想，都可以在这些微不足道的东西的协助下被表达出来。"——这是帕乌斯托夫斯基所期望的写作的好时代，而这个时代碰巧被我们赶上了。记下了这个时代的车水马龙和人头攒动，就留下了这个时代的影像；记下了这个时代的嘈杂鼎沸和叫卖声、数钱声，就留下了这个时代的声音。同时，我的内心还藏着另一座城，那是一座理想之城，它和柏拉图的理想国毗邻，和莫尔的乌托邦接壤。从此城到彼城的距离正是现实到理想的距离。

52

三十五年前，在鲁南某个农村集市的旧书摊上，我花了一毛五分钱淘到一本已经没了封皮的《普希金诗选》，扉页上用纯蓝墨水写着刘全信三个字。这本缺少封皮的诗集完成了我最初的诗歌启蒙。这是几乎被我翻烂的一本书，没事就拿出来读，还抄了整整几个日记本。有些特别精彩的句子在当时都可以背下来。有段时间，还每天模仿着写一首。它对我好的影响是，从开始写作就踏上了一条浪漫主义的康庄大道，确立了一种真诚的写作基调，没跑偏。副作用是俄罗斯文学所特有的那种气息犹如一种慢性病毒侵入了我的灵魂深处，让我患上了浪漫主义的忧郁病，偶尔阶段性病发，至今仍然无法彻底根除。

53

20世纪90年代，我读到了狄金森的诗。她的诗好像带着整个世界清风雨露般扑面而来，好像一下子就涤尽了普希金诗歌对我的副作用残留。说起来狄金森这个人也够奇怪，二十五岁就选择了像自闭症患者一样足不出户，一生写了一千八百首诗，写了一千封信。这么多诗，生前却很少发表；这么多信，大多是写给自己的。20世纪以来的很多大诗人都受过她的影响：庞德不过是放大了她的意象，艾略特不过是放大了她的客观性，弗罗斯特则继承了她语言的清新和神秘，让诗歌具有了银子的质地。

一千个人读狄金森或许会有一千种理解，而我则是从她的诗中读出了诗歌的双声道和语言的辩证法。以《一切东西在飞行》为例："一些东西在飞行——／鸟儿——时光——野蜂——／它们没有悲歌哀鸣。／一些东西在安停——／悲伤——山丘——永恒——／这并非我的使命。／静默之物，升起。／我能否辨明天理？／多难解的谜！"在这首诗里，一左一右，一动一静，将语言的感性和理性恰到好处地融合在一起。狄金森很大一部分诗歌都像这首诗一样，她似乎拥有一套不可捉摸的语言转换密码，读她的诗歌犹如劈开语言的云雀，最终你会找到应和你内心的音乐和节奏。

54

如果说从普希金那里获得了一种抒情态度，从波德莱尔那里则获得了一种寻找美的方法，而狄金森给予我的，则是一种内在的隐秘的节奏，那是一种心灵的鼓点，应和着它，你语言的野马就会越跑越快，越跑越远。

55

现实主义绝不是对当下现实的照猫画虎，亦不是对时代的投怀送抱和隔靴搔痒。

56

现实主义在中国很长一段时间是否存在一种偏见和误读？记得汶川大地震之后，国内曾迅速产生了数以万计的地震诗歌，数量如此之巨，别说一首，就连其中一句恐怕你也很难记住。因为任何苦难和悲伤都需要时间慢慢去沉淀和消解，而好的文学作品也一样，面对灾难写出的任何浅薄不堪的文字早晚会让你因此而感到羞愧。

57

　　《云中记》是阿来经过十年的沉淀写出的一部反思汶川地震灾难的作品。它终于让我们看到了现实主义作品应该有的样子。历经地震灾难的云中村决定集体搬迁，那些幸存者迅速融入更广阔的现实世界里再也不想回头，只有祭师阿巴带着生者捎给死去亲人的祭品和嘱托独自一人回到云中村，他执拗地一家家去告慰那些亡魂，最后在一场山体滑坡中，阿巴和云中村一起彻底消失了。这是一部关乎生命和灵魂、尊严和悲伤的小说，它不禁让我想起胡利奥·亚马萨雷斯的中篇小说《黄雨》。

　　那是另一个版本的"云中村"故事：在西班牙有个海拔一千四百米的偏远村庄叫哀涅野，一场大火烧毁了村落，村民们纷纷离开去另谋生路，村里只剩下老人安德烈斯和他年迈的妻子萨比娜，还有一条狗。最后妻子萨比娜也因难耐贫穷、衰老、疾病和孤独的折磨悬梁自尽，老人成为村子里最后一个人。在一片废墟中、在孤独和恐惧中，老人靠回忆活着。在他生命的最后一夜，老人忆起一生的种种过往，而去世多年的母亲，因肺病夭折的女儿、战死沙场的大儿子、离家出走的小儿子，还有那些逝去的乡亲，都纷纷造访。

　　两部作品有异曲同工之妙，都是为世界失落的那部分写挽歌的。阿巴和安德烈斯都是坚守者的形象，类似的还有

《树上的男爵》里的柯希莫和《海上钢琴师》里的弃婴1900，前者一生在树上不愿下来，而后者宁愿随废弃的大船被炸死也不愿下船。

在这里也许坚守本身比坚守的对象更重要。小说家对现实题材的处理值得所有诗人好好学习。

58

每到一个陌生的城市，最想去的地方除了当地的博物馆，就是文人故居或某处碑林。若碰巧能淘得一两张拓片就如获至宝。龙门二十品、幽兰赋、香山大悲菩萨传，还有曹操唯一手书真迹的"衮雪"拓片。这些拓片就像《百年孤独》里的那块魔毯，可以带着我们穿越历史的风烟，其愉悦程度堪比一个土财主刨地时突然挖出一罐子银圆。除了从残碑断壁中揣摩笔意，更多的是在临摹拓片的过程中，无意中就与大地、山川、河流和一草一木接通了信息，就可以深切感受到来自汉字源头的魅力。

59

不想当医生的木匠不是好裁缝，不想当船长的厨师不是好射手。

60

一个人在某个岗位或某个系统待久了，身上就会自觉不自觉地沾染上一些行业习气。你甚至只需通过他们的坐姿、体态、表情和说话的腔调，就大体知道他或她来自哪个行业。所以行业中难出好作家、好诗人几乎成为一个共识。他们往往带着明显的宣传腔、公安腔、电力腔、石油腔、铁路腔、检察腔热切抒发着某种浮泛和矫情的热爱……

事实证明，行业对人是有磨损的。那些在系统中脱颖而出的作家、诗人往往有超强的抗磨损能力，譬如警察衡晓帆同样是优秀的诗人候马。剔除掉你的职业的、行业的、文化的标签，你就是一个人，你抒发的一切都应该是基于一个人的情感和对人性的批判。

61

从前是慢的。有驿站，有马车，有邮差骑着绿色的自行车驮着鼓鼓囊囊的邮包穿过悠长岁月，一枚邮票犹如胎记，贴在记忆深处。

现在有手机，有网络，有QQ，有博客，有微博，有微信，有陌陌，有Soul，很少有人再写信给谁。

打印的文字和手写在信纸上的文字肯定是不一样的，因为前者是冰冷的，而后者会嗅到另一个人的味道、呼吸甚至心跳。

一直想业余编这样一本同人刊物，不牵扯发行，只是好玩，专门搜集梳理文人的书信手札、笔记便条，甚或一份不涉密的案卷、一份检讨、一个药方。那里面一定藏着这个世界普遍缺少的诗意和情趣。当然这里的"文人"是广义的，他或她是任何一个散发着艺术气息的人。

62

昨夜读陈传席随笔，看了四句话，觉得颇有意思，遂抄于此："大商人必无商人气，大文人必无文人气，大英雄必有流氓气，大流氓必有豪杰气。"这和老子说的"大直若屈，大巧若拙，大辩若讷……大白若辱，大方无隅"，还有苏东坡说的"大勇若怯，大智若愚"是一个道理。事之极者必向其反，物之极者必见其然。人亦然，写诗亦然。

63

吴昌硕是我喜欢的画家之一。我有幸两次看了纪念他的画展，近两百幅全是真迹。之所以喜欢，除了因为他是中国近现代文人画的高峰，还因为他艺术的杂。他把石鼓和散盘的金石之气和狂草的不羁和洒脱融进笔意，从他的画里你虽然找不到石涛、八大山人和徐渭的影子，笔墨里却化进了这些人的神韵和味道，这或许就是大家的聪明之处。作为诗书画印俱佳的画家，他就像一位能做出一桌满汉全席的大厨，你就是让他清水煮个豆腐、醋熘个土豆丝也能带出宫廷之法。但是我很难想象，如果吴昌硕三十岁时没遇到乡贤潘芝畦，四十岁时没遇到海派大家任伯年，他的人生难说是个什么样子，所以一个人要想成功，除了向古人学习，交什么朋友还是很关键的。

64

在浮躁的生活中能抓住就抓住这眼前的一切吧！哪怕是永远活在梦想里，只要我们心中有爱与尊严，只要我们不失去追问和求索的勇气，相信理想之光就会在我们的前方闪现。

65

前段读林莽先生的《二十六个音节的回响》，读完了又看介绍才知道这首在诗歌文本上极具探索性的诗作完成于20世纪70年代。那个时期，他还在白洋淀插队，白天跟随当地渔民下淀子打鱼捞虾捡鸭蛋割芦苇，晚上回到知青点，写诗就成为一个苦闷的下乡知青打发时光的最佳方式。和他同一时期在白洋淀写诗的知青还有根子、多多、芒克等人，他们的诗以手抄本的形式在青年中流传。年轻的北岛和江河曾两次去白洋淀找这些人谈诗，白洋淀一时成为那个时代诗歌精神的源头。这些诗人后来也被批评家命名为"白洋淀诗歌群落"，写进了新诗史，当然这都是后话。

《诗探索》四十年的时候，我曾去白洋淀待过两天。一眼看不到边的芦苇荡留给我们的只是一片无边的苍茫。我瞬间就明白了，林莽先生为什么在那个时代能写出那样一首诗，从而完成了自己的精神卧游。因为每一棵风中芦苇，都是一个思考的哲人。

66

在电影《岁月神偷》里有一句经典的台词："做人，总要信。"它告诉我们被岁月这个小偷偷走我们的青春不可怕，偷走美丽的容颜和健康也不可怕，因为它偷不走我们活下去的勇气和快乐。而我们现在缺少的恰恰是一种"信"的力量，如果什么都不信了，我们就会缺少应有的敬畏和惧怕，就会变得越来越浅薄和愚蠢。

67

人生下来就是为了寻找，寻找你要找的那个人。但或许你始终也找不到，因为就连你自己也说不清楚，你要找的究竟是个什么样的人。他（她）有着什么样的面容、什么样的眼神？这个人的形象就像天空飘过的一片云，始终是模糊而变幻不定的。他（她）或许就潜伏在你周围的某个角落，你甚至能感受到一阵怦怦的心跳和急促的呼吸；有时候又感觉离你很远，远得如难以捕捉的一声叹息；有几次你甚至差一点儿就抓住他（她）了，但却迅速地消失掉了，像一阵风隐藏进一棵晃动的草里。这种寻找或许要持续一生，直到你白发苍苍、垂垂暮年，直到你弥留之际，或许才明白，你要找的不过是另一个自己。

68

把姿态放低，再放低，低于晃动的一棵草；只有把耳朵贴近大地，你才有可能听见泥土下一条蚯蚓的心跳。

69

没有什么可以轻易把我们打动，除了缪斯的竖琴奏出生命的旋律；没有什么可以轻易吸引我们的视线，除了云雀在天空出现的身影。

70

阳光照着你的左脸，也照着他的右脸；阳光总是均匀地洒向尘世间的每一个人，不会因你多一点儿，也不会因他少一点儿；阳光是人世间最公平的裁判，它的另一个名字，有时候叫"公平"，有时候又被称之为"温暖"。

也有阳光照不到的地方，譬如厚厚雪层下的一块冻土，譬如被邪恶的石块压住的草尖。但我们并不悲观。因为有一种力量，正从一棵草的根部慢慢聚集；有一种力量，正从我们的心头向手指握住的笔尖涌起。

我们知道，当我们面对巨大的世俗旋涡，有时也会显得脆弱，但我们绝不苟且于虚假和矫饰。我们绝不。

因为我们深深懂得，尊严是人类灵魂中不容践踏的东西。

71

诗歌是上帝馈赠的粮食。我们活在这个世界上，每天除了吃喝拉撒，如果坚持读诗、写诗、爱诗，内心就会生出一双翅膀，可以让我们在辽阔的精神世界里自由地飞翔。

72

米兰·昆德拉说过："真正优秀的小说作品，它的功能就是永恒地照亮我们所处的现实世界，保护我们不至于坠入一种被遗忘的存在；而好诗歌就是用汉字做成的灯笼，可以照耀着我们在黑暗中前行。"

73

诗歌可以入药。在西方，以诗歌为药治疗疾病早已不是什么新鲜事，一个心理医生给病人开的药也许根本就不是什么药片和针剂，而是一本诗集。当然这本诗集里的每一首诗都是经过严格筛选的，每一首诗后面都会标明：主治何种心理疾病，用药时间、药量多少，以及用药禁忌等。患者每次"服药"只需找到相对应的诗大声朗诵一到两遍，心中郁闷就会很好地得到释放，疗效自然就达到了。

74

我们一直在说担当。我觉得所谓"担当"，应该是大担当，不是小担当。是对这个世界要有一颗宽容、隐忍和慈爱之心，犹如黑夜里的灯盏，疾病里的药丸。当你拥有了这样一颗心，你对这个世界上万事万物的观照也就有了心灵的温度，从而达成了与这个世界的和解。

75

把一首诗逼到诗与非诗的城墙下会不会是一种冒险？甚至亲手放一场大火烧了语言的城门，会不会殃及诗意的池鱼？我们一点儿一点儿褪去语言外在的矫饰，就像我们亲手撕掉自己那张青春的皮，从而让文字露出原初的野性和朴素，获得直击人心的力量。我知道，这是一个难题。

76

好诗常常对惯性语言形成某种冒犯。

77

你有没有为了一首诗的构思辗转反侧彻夜难眠？你有没有因为对一首诗的看法不同和朋友争论得面红耳赤甚至捅了桌子？你有没有用复写纸一次誊写四份诗稿？你有没有一次次把诗稿寄出去都石沉大海、音信杳无？你有没有收到十次八次退稿信后才发表了第一首小诗？在20世纪80年代，这几乎是每个文学青年的常态。我们把这种状态称为写作的黑暗期。一个人处在写作黑暗期会走弯路、摔跟头，会苦苦追寻、上下求索；一个人的写作黑暗期或长或短，但不可省略。

78

说"五四"时期的诗人是中国新诗的第一支探险队一点儿也不为过。他们也许是蒙昧的，甚至是惶恐地踏上了中国新诗的探索之旅。你也许说他们是挂着西方的羊头，依旧卖着中国古典诗歌的狗肉。但在一个新旧交替的年代，这种自觉的断裂已经是了不起的行为。我一直对被称为新诗第一人的胡适抱有好感，对于中国新诗来说，他无疑是第一个敢于吃螃蟹的人。今天看来，他的"两只黄蝴蝶，双双飞上天——"也许有很多人会不以为然，但他那种瞬间生成的力量正是新诗的要害所在。从他以后，刘大白、康白情、俞平伯、汪静之、郭沫若、徐志摩、冯至、戴望舒、穆旦等一大群人跟了上来，在中国的新诗史上留下了最初的足迹，尽管是或深或浅、歪歪扭扭的。

79

写诗好比说话，里面一定藏着某种特定的腔调。深夜，你静静读一首诗的时候，这种腔调或许会从纸页间飘出。有人嗓子尖，操着吴侬软语；有人中气足，带着浓重的山陕方言；有人说话插科打诨，阴阳怪气；有人说话板着面孔，迂腐傲慢。

80

20世纪80年代被公认为是诗歌的黄金时代。1986年《诗歌报》和《深圳青年报》搞过一个现代诗群体大展，一下子冒出来无数的诗歌社团，据统计全国有近千家，有影响的几十家。北京当时影响最大的是"幸存者诗人俱乐部"，成立于1988年7月。成员为唐晓渡、杨炼、芒克、多多、江河、林莽、一平、王家新、海子、西川、骆一禾、黑大春、雪迪、大仙、刑天等。据诗人们回忆，活动场地只有一间屋子，每次去的人根本坐不下，年龄最小的海子经常骑坐在门槛上，半个屁股在屋内，半个屁股在屋外。他多数时候一言不发，偶尔小声插一两句话，常常没说完就被人给粗鲁地打断了。同一时期，在南京鸡鸣寺有个诗人角，每逢星期天下午，诗人们会倾城出动，云集在那块有塔的空地上，把各自的诗稿夹在一个穿在铁丝上的铁夹子上，就像沂蒙山区晾晒长毛的煎饼一样。诗人们坐在地上，夹子滑到谁附近谁就起身取下来看，看完再夹在夹子上滑向远处。诗人们看完诗稿就相互提意见，大有江湖各大门派的隐居高手聚众切磋武功的味道。后来名气越来越大的今天、他们、莽汉、撒娇等诗歌团体那时候恰恰是最活跃的。

许多年以后，我在成都第一次遇见李亚伟和尚仲敏，我们边喝酒边聊20世纪80年代，喝着喝着就喝多了，聊着聊着仿佛一下子就穿越回了那个年代。在最近十几年间，我陆续见到了当年曾无比崇拜过的一些大咖级诗人。有些大有相见恨晚之意，也有的见了肠子都悔青了。也更加坚信，诗歌是一回事，诗人是另一回事。

81

红尘之中，大家都在忙忙碌碌，忙到浑浑噩噩，忙到无所事事。有时候，我看着大街上的车流飞奔，行人匆忙，像上足了发条的木偶。我就会突然矫情一下，也许诗意的消失恰恰是因为疯狂的速度。这时我就会在心里说，请慢一点儿，再慢一点儿……从这一点讲，诗歌恰恰需要从飞船火箭退回毛驴。

82

常常有这样一种现象，读某人的一两组诗常常惊为天人，佩服得五体投地。但看完他的一两本诗集就发现如果三四百首诗歌都是一个腔调，那是非常可怕的。从结构上分，世界经典小说大致分两种：一种是采用最简单的并峙结构，像《西游记》《堂吉诃德》；一种是线性结构，像卡夫卡的《变形记》。诗人也大体分两种：一种是宫殿式写作，像于坚，从最初的《诗六十首》，到《作品XX号》《便条集》《罗家生》，再到长诗《飞行》《零档案》，最后又回归《纯棉的母亲》《只有大海苍茫如幕》，可谓十八般武艺样样试了一遍；一种是隧道式写作，俗称一条道跑到黑，这样的诗人就太多了。

83

之所以单独说一说昌耀是因为他一人独享了西部太阳的光辉，他大部分粗粝硬朗的诗篇犹如青藏高原上的洪钟大吕，发出铮铮的金属之声，即便是《斯人》这种一两句的短诗，也发出黄金小号的声音。剩下的大部分诗人似乎都是同一种材质锻造的，有着银子的质地、月亮的光辉，散发出某种阴柔之美。

84

每一次写作都是一场自我修行。

85

诗有别才，无关常识。

86

新诗应该恢复古汉语那种以诗相赠、往来唱和的美好传统。

87

2008年，我在首师大担任驻校诗人的时候，林莽先生曾安排我编辑了一本《中国新诗90年诗选》，后来出版社嫌诗歌选本不赚钱放弃了选题。但这次编辑机会对于我来说却是一次扎扎实实的补课。一次次去首师大诗歌研究中心和国图查阅各种资料，除了将新诗发展的脉络捋出了一条明晰的线，还有想不到的意外收获：譬如搜集到了胡适1914年写在日记本上的四首诗，譬如发现了朱茵旦这位被文学史忽略的诗人。去年我借编辑《中国新诗百年佳句选》的机会，再次把中国新诗一百年来的发展梳理了一遍。我觉得了解了自"五四"以来的诗歌作品、诗歌团体及诗歌运动，其实也就基本掌握了新诗发展的历史沿革。这对一个成熟诗人来说，是必不可少的一课。

88

像萨福一样思考，像狄金森一样守心。

89

好诗人唯因掌握着一套独特的语言转换密码，才会触摸神奇，才会灵魂出窍，才会让自己的心发出巨大的蜂鸣。

90

波德莱尔说过："一个旁观者在任何地方都是化名微服的王子。"现在的世界千变万化，千头万绪，如一团乱麻，是非、道德、伦理都没有一个既定的标准，信仰、理想在渐渐沦丧。这时，只有保持一个旁观者的心态参与到现实生活，才不至于陷入生活的细枝末节中去。陷入太深就无法登高望远。

91

一些还没混出名堂的书者、画者，经常会主动介绍自己师承于某某、某某某，有了这种加持，似乎真的就一下子登堂入室了，润格也一路水涨船高；诗歌界恰恰相反，某个诗人，如果你说他的诗写得像谁，那效果不亚于挖了他的祖坟，更别提师承了。前者主动和名人攀附是为了套取利益，后者遮遮掩掩是怕露了破绽。不过也有例外，那就是郑板桥和齐白石都曾自称是：青藤门下走狗。这里面有自谦的意思，但同时他们都被徐渭在诗文、戏剧、书画等诸多方面的才华所折服，实为一段文人惺惺相惜的佳话。

92

所谓立足现实，就是心怀宇宙之大，去呈现粒子之微。

93

有个普遍现象，大部分诗人都记不住自己的诗。以致在一些朗诵会上，他们要照着事先打印好的诗稿念，有的来不及打印，就用手机搜出来读。这一现象曾惹得王燕生老先生发火。记得那是2006年，老先生作为辅导老师和我们一起参加在宁夏举办的第二十二届青春诗会。他为了给大家做示范，酒桌上喝着喝着就开始朗诵自己的诗，声情并茂，而且一字不差。老先生说他写的一百多首诗每一首都可以背下来，这让我们一群年轻人汗颜。他说每一首诗都好比是自己的孩子，你能不认识自己的孩子吗？想想也是。老先生如今在天堂，不知是否还坚持背诵自己的诗？如果有，那一定是天堂最美妙的声音。

94

诗歌先于我们存在于这个世界上，只是碰巧被我们随手记下，并借我们的嗓子发出了声音。

95

本雅明之于波德莱尔，就好比中国的俞伯牙与钟子期。

96

旅行可以让一个写作者保持对事物的新鲜和敏感状态。脚走不到的地方要用心去走一遍。

97

写诗就是语言的招魂术。

98

一个诗人始终无法排解的是孤独感，这种孤独无关离去还是到来，无关人群还是盛宴。我们用一生的真挚写下的那些隐忍和悲伤，最后都变成了一封无从邮寄的人间情书。

99

以实用主义者的眼光看，诗歌的作用是极其有限的，因为它发挥的始终是"无用之用"。诗歌可能改变不了这个世界，但诗人永远不能放弃改变这个世界的想法。

第二辑【人物】

乡村史与乌托邦

在莫老师去瑞典领取诺贝尔奖的头一天，我突然接到莫老师的电话，说让我去平安里一趟。原来在领奖前被各国记者围追堵截那么繁忙的时段里，他也没忘记曾答应为我老家沂蒙老区的一所学校题写校名。半个小叫以后，在平安里某个家属院的传达室里，我拿到了莫言老师托门卫转交的一个大信封，上面写着请转交邰筐，下面还附着一小段话："时间仓促，横竖各写了一幅，你们挑着用吧。"里面的书法我寄给了老家的学校，外面的信封却留下了。久而久之，像这种外面写了一段话或附了一张便条的信封积攒了十一个，其中七个小的，四个大的。如今，这十一个信封整整齐齐摆在我书架右上侧的一栏，每一个都可以勾起一段难忘的记忆。

十一个信封

在某宿舍楼水房昏黄的灯光下，一个年轻人在水龙头下的洗手池上垫了一块木板，双腿斜蹬着地面，用左臂支撑着前倾的身子，上身趴在木板上，忘我地写着东西，以致有洗漱的人从他身边经过都浑然不觉……有段时期，每晚熄灯铃响过以后，他都会准时出现在那里。

这一幕发生在20世纪80年代的解放军艺术学院。

这个年轻人就是诺贝尔文学奖获得者莫言先生。而他三十多年前在水房写下的，就是他的成名作《透明的红萝卜》。

这个故事，文坛知道的人并不多，莫言先生的军艺同学黄献国在1990年秋天一次文学讲习班上，作为励志的例子给学员讲述了这个细节，而我就曾是那届学员中的一个。

黄献国说莫言那种写作的劲儿是成就一个好作家必不可少的，他料定莫言将来必成气候，只是那会儿他无论如何也想不到二十多年以后的诺贝尔文学奖得主就是那批同学中常躲在水房写作的那一个。

许多年以后，我向莫老师求证水房写作的细节时，莫老师笑着对我说："我怎么想不起有这个事呢？"

作为莫老师的山东老乡，我从中学时代开始就研读他的作品。我至今还记得当年读莫老师的中篇《透明的红萝卜》时那种奇妙的感觉——第一次从文字中产生强烈的共鸣。他的语言那么神秘和轻盈，似乎写下的每一个汉字随时都能从纸上飞翔起来。一颗孤独的少年之心第一次在文学中得到了呼应，从此我迷上了莫老师的小说，这些年我读完了能买到或搜罗到的他所有的作品。

回想起来，自己曾经做过两件荒唐的事，都和莫老师有关。一件是电影《红高粱》热播那年，我曾坐长途车从临沂去高密寻找莫老师笔下的那片高粱地，结果大失所望，觉得让莫老师给骗了；还有就是年轻时在一次文友聚会上因为对莫言小说的好恶差点儿和别人吵翻了脸。

出生于20世纪六七十年代的一批作家、诗人好多都是莫言作品的忠实粉丝，我当然也不例外。只是做梦也没有想到，有一天我会离莫老师那么近，他不仅成为我的良师益友，还成为我的同事——我所供职杂志社的名誉主编。

2010年，当我第一次站在莫老师面前，说句实话，他完全颠覆了我心目中文学大师的形象。

一袭布衣的他那么平易，憨态可掬，像个老小孩。我丝毫也没感觉到是第一次见他，仿佛好多年前早就熟悉了。他呵呵笑着说："小老乡，刚在《人民文学》读了一组你的诗，你在《方圆》写的那些文章我也看过，不错。"我突然受到了夸奖，有点儿窘，像调皮的学生突然被揪到了班主任面前。

接下来的日子，我自然多了不少见到莫老师的机会。譬如，主编让我给莫老师送去一些资料或编审费，或者去拿回托莫老师为检察系统作者作的序和题写的书名。每次去，莫老师都会提前泡好一壶茶，一进门一杯热腾腾的茶就能捧在手中。喝茶的工夫，往往是听莫老师谈文学的最佳时机。我惊异于莫老师的细致与平和，像他这样的大家竟然对什么时候哪个省又冒出一个有潜力的新作者，哪个刊物又发出一篇不错的小说如数家珍。

这些年莫老师突然迷上了书法，我曾在《书法》杂志上看到他和东方涂钦先生相互唱和的一幅手札，敦厚中透着高古清雅之气。一天下午，我去拜访莫老师，正好碰上一个山东潍坊老乡去莫老师家求字，我有幸现场目睹了莫老师的书法，那简直是一种享受。莫老师左手扣着右手腕，慢慢把墨研匀，然后凝神屏气，悬腕捉笔，一气呵成。写到得意处，莫老师抿着嘴，额头上都是汗，样子特别可爱，写下的似乎不只是几个汉字，而是认真完成了一套对古汉语拜祭的仪式。

我知道莫老师忙，虽然喜欢却从不好意思开口求字。一天，他让报社一位领导给我捎来一幅字，内容是专门写给我的一首打油诗："沂蒙山上红旗飘，儿女英雄志气高。赤手空拳擒虎豹，三步诗成惊二曹。莫道方圆天地小，能使大众块垒消。"我知道这是他用一种独特的方式嘱咐我立足岗位踏实干好工作。

后来，莫老师又以书法的形式送过我十个字："放浪一壶酒，收心半床书。"我知道，这是莫老师担心我陷进琐事里耽误了写作，而给我的一种警示。这十个字装裱之后一直挂在书房里，成为我的座右铭。

一个曾采访过莫老师的记者这样回忆："结束采访在茶馆里出来后，他坚持先给我拦一辆出租车让我先走"。

我们偶尔和莫老师聚会，他从不让人接送，而是自己骑着一辆破旧的大轮自行车，从平安里一直骑到后海的孔乙己酒店或南锣鼓巷深处的某个小馆。说好的时间他是从不迟到的，总是按点赶到。齐鲁人那些最美好的品质在莫老师的骨头里珍藏着，在他血液里流淌着……

进入2012年9月，诺贝尔奖的事在网上炒得沸沸扬扬，莫老师为了躲清静回山东高密去了。这个月，也是我和莫老师联系最频繁的一段时光。因为杂志社的一些活动，也因为一些其他的琐事。

我怕影响他写作，一般都是短信，很少打电话。29日下午，我突然接到莫老师的电话，说他去了我的家乡临沂，一个人去沂南县汉墓博物馆看汉画像去了。我想联系老家的文友陪他，他不让，说等10月份回京再聚。

莫老师获诺贝尔奖的消息是我在出差山西的途中看到的。

一个像神话一般被中国人传说了许多年的文学奖项，突然有一天被一位中国作家变成了现实，而且这个人还是你身边的熟人，那种效应可想而知。之后的几天，我的电话都快被打爆了，莫老师一个人的荣誉几乎变成了中国所有作家、诗人的快乐，掀起了一次文学的群体性狂欢。这不仅是他的作品，也是他的人品和人缘所决定的。

老作家从维熙曾对莫言有这样的描述："莫言是个一贯没有文场中娇气，肯于在集体中吃苦负重的人。早在1987年，中国作家代表团出访德国的时候，莫言在团队中也拿出他的那份朴实，在往返的机场上承担了搬运工的角色。其实他在那个团里并不是最年轻的，并没有人让他这么干，其闪光点出自他的行为本能，源于他性格里具有的憨厚。"

就在莫老师去瑞典领取诺贝尔奖的头一天，我突然接到莫老师的电话，说让我去平安里一趟。原来在领奖前被各国记者围追堵截那么繁忙的时段里，他也没忘记曾答应为我老家沂蒙老区的一所学校题写校名。半个小时以后，在平安某个家属院的传达室里，我拿到了莫言老师托门卫转交的一个大信封，上面写着"请转交邮筐"，下面还附着一小段话："时间仓促，横竖各写了一幅，你们挑着用吧。"里面的书法我寄给了老家的学校，外面的信封却留下了。久而久之，像这种外面写了一段话或附了一张便条的信封积攒了十一个，其中七个小的，四个大的。如今，这十一个信封整整齐齐摆在我书架右上侧的一栏，每一个都可以勾起一段难忘的记忆。

父亲是个酒鬼

父亲嗜酒，且是嗜酒如命的那种。

村里人习惯把嗜酒的人称为酒蔫子，却把酒量大酒品也好的人喊成酒鬼，父亲显然是后者。

酒鬼的名号也不是谁想得都能得的，那要一把酒壶论英雄，千杯万盏出真知。

不仅比酒量，还要拼酒品，那些喝酒偷奸耍滑开始不喝后头起劲一门心思想把别人灌醉的人，是酒友们不齿且坚决抵制的。就像最终喝成死鬼的邰洪伦，曾用半壶凉白开骗我年轻傻气的父亲稀里糊涂喝了二斤沂河桥白干，醉了一天一夜。而不怀好意的邰洪伦从此坏了名声，到死没人再愿意和他在同一张酒桌上喝酒。

当然父亲也曾喝出过豪气干云，那是为了给生产队买到紧缺的化肥，一人连喝二十杯，让原本故意刁难的供销社主任不得不批了二十袋化肥的条子，成为村里的一段佳话。

按村里风俗，谁家娶儿媳，对方来的客人那是万万不可得罪的，弄不好就会话不投机半句多，大打出手掀了桌子也不是没有可能，因此找谁来陪客人就至关重要。挑来挑去，父亲往往成为不二人选，不仅因为他酒量好，酒品正，还因为他是村里唯一的高中生，能代表村里的文化高度。

父亲过去有句口头禅："宁愿丢了钱，也不能洒了酒。"喝酒时若别人倒酒不小心洒到了桌子上，他就会赶紧趴到桌上用舌头舔一舔，而且从此会罢了这个人在酒桌上的斟酒权。

记忆最深的是有一次弟弟下河逮了两条小鱼，想回家找个瓶瓶罐罐养着，他看到窗台上放着一个装满水的生理盐水瓶子，就顺手把两条小鱼丢了进去，没想到小鱼眨眼就飘起来，死了。弟弟凑近瓶口一闻，就知道自己闯祸了。原来，那是父亲刚打的散酒。弟弟怕挨揍，吓得饭也不吃就撒腿跑出去避难了。等父亲从地里干活回来，那两条小鱼已在瓶子里浸泡了很久，他怒气冲冲地用筷子把鱼捞出来，但充满鱼腥味的一斤散白酒却终究没舍得倒掉，而是皱着眉头分两次喝了。这件事成了母亲嘲笑父亲的笑柄，数落了他几十年，说父亲是酒鬼托生的。

打记事起，我最愿意干的事情就是去村口大喇叭杆子底下的小卖部替父亲买散酒。酒是散装在一口大坛子里的67度的瓜干烧，八毛八一斤，父亲有时给我一块钱，有时给九毛，但不管多少，每次都会留二分钱给我买水果糖吃。在20世纪70年代，一块水果糖足可以让一个孩子垂涎三尺，但对我诱惑更大的却是那些让我眼馋很久的小人书，像《林海雪原》《封神演义》《钢铁是怎样炼成的》等等。等攒上七八次，我就能买一本，看完了还可以和别的小伙伴交换其他的小人书看。父亲或许到现在也不会知道，在那个贫穷的年代，在封闭的沂蒙山区，他儿子就是靠他每次给的二分钱完成了最初的文学启蒙。

有一次听老家隔壁的二大娘说，我父亲年轻时是村里公认的"秀才"，不仅吹拉弹唱样样精通，而且还打得一手好算盘。父亲十八岁就验上了全县的第一个空军兵，后因政审不合格没走成。不合格的原因是有人诬陷父亲的哑巴舅舅偷了生产队的二十斤绿豆，他的哑巴舅舅被戴着高帽子挂着小偷的牌子在村里游街示众，当经过村口的水井时趁人不注意就一头扎了进去。死无对证，小偷的帽子就牢牢地扣在他哑巴舅舅的头上。谁也没想到，带兵的刚走了三四天，生产队绿豆失窃案就告破了，原来偷盗者就是生产队长本人。他再次盗窃生产队的黄豆种时，被民兵抓了现行，生产队长承认绿豆也是他偷的，怕被识破才诬陷了哑巴。

其实队长也并非什么十恶不赦的坏人，因为他首先是七个孩子的父亲。在那个刚经历了大炼钢铁、"大跃进"的1965年，人们在抢着扒榆树皮挖草根果腹的时候，饥饿感很容易让人逾越道德。

没有当上兵的父亲到小卖部赊了一斤瓜干烧喝得酩酊大醉。以后的几十年再也没提及此事。一些记忆的片段是靠我奶奶和我娘零零碎碎地讲述拼凑起来的。但我猜测，那次验兵的经历肯定对十八岁的父亲造成了一生中最致命的打击。是啊，对一个往上数三代赤贫如洗的农村孩子，那几乎是改变命运的唯一机会。

后来父亲在公社里当过一年民办教师，就被村里要回去当了会计，而且一当就是几十年。由此算来，父亲的酒龄应该从十八岁开始算起，如今七十三岁的父亲酒龄已经五十五年了。按他每天一斤的量，父亲喝下了差不多十吨酒。十年前，我曾在一首题为《父亲》的诗里这样写道：

一日三餐，他酒不离口

四十年来好像一直醉着

母亲骂他是个老酒鬼

说他的身体里隐藏着一座酒厂

父亲话少，母亲话多

他常常在母亲的唠叨里

把一壶酒慢慢喝干

这些年父亲明显见老了

话也越来越少

他不再关心天气和粮食的价格

饮酒似乎是他唯一的生活

喝多了，就从墙上

取下那把老二胡

拉上一曲《二泉映月》

有一回老两口又吵架

我还听见母亲骂他不正经

说他年轻时和秧歌队的谁谁好过

他偶尔也会吹嘘自己

早年在生产队看青

亲手逮过一个偷牛的人

如今他给搞建筑的女婿

看工地，白天他除了睡觉

就是想着如何把工地上的废料

变成零钱再变成酒

一些夜晚，我会去陪他抽会儿烟

我们相对无言

只有两个烟头一闪一闪

然后各自熄灭

父亲站起身

去工地另一头转转

我就在夜色中走远

  从最初的散酒瓜干烧，到后来两块七一瓶的沂河桥白干，再到兰陵二曲、兰陵大曲，父亲大半辈子并没有喝什么好酒。偶尔弄瓶兰陵沉香或西凤酒只有逢年过节或贵客登门时才拿出来喝。下酒菜也从不讲究，一盘腌菜或花生米，就喝得津津有味。有时连腌菜也没有，就着几个盐粒父亲也能喝得酣畅淋漓。我想，父亲其实不是嗜酒，而是迷恋那种晕晕乎乎的感觉。是啊，在那个年代，他似乎每天只有用一瓶劣质白酒弄晕自己，才能有力气对付穷得清澈见底的日子。

记忆里父亲虽擅饮，但好像从没发过酒疯，打骂过我们。偶尔喝醉了只会呼呼大睡，睡醒了酒也醒了。我和弟弟妹妹都喜欢父亲酒至微醺时的情景，那时候父亲就会拉二胡、吹笛子唱歌给我们听，父亲会唱很多民间小调和歌谣，像《小五更》《画扇面》《绣花灯》等。"正月里那个里来呀正呀么正月整，王二姐绣房内又绣花灯……" 在乡村某个秋夜，父亲眯着眼睛，沉浸在某种氛围里，悠扬的琴声和笛声和歌声传得很远，父亲的心那时也走得很远。

再后来，我和弟弟妹妹都到城里工作了，再三央求，父亲才同意随我们搬到了小城临沂。但他在城里却待不住，三天两头往老家跑。老家已没有地可种了，父亲回去也只是找村里的老酒友喝喝酒或者到田间地头转一圈。我知道，父亲就像老家地里的一棵高粱或者一块红薯，离开那个地方少了那方水土的滋润他就不舒服。

这些年父亲往老家跑的次数明显少了。他说："回去一次，人家都忙，哪有时间陪咱闲扯呀。"其实更重要的原因我后来才知道。

父亲有次喝醉了嘟囔："村里那些老哥们儿老姊们儿一个个都走了，七八十岁的还剩了不足二十个，也就是说，再有不到二十个就临到我了。"父亲说这话的时候脸上没有一丝悲哀和恐惧，而是那种庄稼临近收割的释然。

这些年，父亲明显苍老了，脸上的皱纹纵横如老家的山岭沟渠。他每天依旧还喝点儿酒，但往往是一个人喝闷酒。喝完常一个人发呆。我在北京，一年回不去一两次，弟弟妹妹也忙，而父亲却越来越像个老小孩，孤独而脆弱。

前几天，我出差山东，绕道回老家一趟，给父亲带回去两瓶茅台，我对娘说："爹喝了大半辈子瓜干烧，没喝过茅台总是个遗憾，让他尝尝吧。"

娘却说："你爹前几天刚把酒戒了，劝也不喝了。"

我不太理解。不至于吧，爹喝了大半辈子了，酒瘾这么大，没病没灾的咋能把酒戒了？

父亲说："一个人一辈子喝多少酒，数量是一定的，我提前把这辈子的酒喝完了，所以不喝了，就这么简单。"

这老头就这么执拗。

我的心里开始感到歉疚和不安。这些年，我在外面胡吃海喝的，已记不清有多久没有陪父亲喝喝小酒说说话了。我就像一个陀螺穿梭旋转于不同的场合和不同的酒桌，似乎渐渐迷失了自己。当我再一次喷着酒气，带着醉意于觥筹交错间偶尔回望，我分明看到了提溜着盐水瓶子为父亲打酒的那个七岁的自己。

等我回北京的头一天晚上，父亲非拽着我出去走走，黑暗中他突然冷不丁对我说："等我百年之后，一定要把我送回村里埋，到时找老酒友喝酒方便。"

胡冬林和他的森林王国

冬林兄离开我们已经三年多了，但他送我的《野猪王》和《青羊消息》两本书却一直在。夜深人静的时候，我偶尔会把其中一本从书架上拿下来读一会儿。读着读着，就感觉有一丝熟悉的烟草味从书页间飘出来。

那熟悉的烟草味最初来自一个栽满烟屁股的硕大烟灰缸。那是2012年的秋天，在长春文联家属院冬林兄家里，他向我讲起了他的森林奇遇，譬如：如何在长白山上"蘑菇课"，如何在森林里与星鸦约会，如何胆战心惊地穿过熊的领地，他还讲起在森林里遇到的一个"戴面纱的女人"……

那是一次彻夜长谈。漫长的秋夜，我俩你一支烟我一支烟，最后烟屁股把一个海碗一样大的烟灰缸都栽满了。冬林兄一说起他的长白山森林就刹不住车，等天蒙蒙亮的时候，我把一个厚厚的日记本记满了。

2018年8月，冬林兄的妹妹联系到我，嘱我写一篇小文。下面就是我根据和冬林兄彻夜聊天的笔记整理的。

1

"你知道'大窝集'是什么意思吗？"冬林兄问我。他看我直摇头，就接着说："在满语里，就是'黑森林'的意思。"

冬林兄说的"大窝集"真的很大，清代最大的一个有五千平方千米，位于现在的辽宁省。而在清代，像这种"大窝集"中国有大小四十八个。有敦敦窝集（小蝴蝶的意思），勒富窝集（熊的意思），纳秦窝集（绿色的海的意思），还有库勒克窝集、阿尔哈窝集、毕尔罕窝集、呼里马尔窝集等等。后来《中俄北京条约》划走了十七个"窝集"；东北沦陷时期，日本人砍伐了二十五亿立方米；新中国成立以后，毁林开荒、大炼钢铁，又被我们自己砍了八十八亿立方米。现在只剩了小兴安岭和长白山两个自然保护区。而小兴安岭20世纪50年代也是被砍伐过的。

这些数字有些是胡冬林听他父亲——著名诗人胡昭讲的，有些是胡昭听他父亲讲的。有些是胡冬林自己翻阅资料查来的。

胡冬林说："出产松子的红松只分布在北温带一条狭长地带，从我国东北到朝鲜半岛到俄罗斯远东。长白山保护区里的红松阔叶混交林，原本是中国最大的未被人类涉足的原始处女林（小兴安岭的那一片在20世纪50年代被砍伐过），大约生长着挂果的成龄红松七十余万株。这个数字在持续减少。在这个两千五百平方千米的狭长地带里，红松直径超过三十厘米的就有被砍伐的危险。树快没了，森林快没了，熊甚至找不到可以冬眠的树洞。再这样下去，人也快完蛋了。

"除了砍伐，还有一种行为对森林的危害也很大，那就是采松子。个大仁香的松子不但是众多鸟兽和森林昆虫食物链上的重要一环，而且由于松子属深休眠性质，落地后第三年春天才发芽，也因此成为可食松果菌、耳匙菌、鼠尾小孢菌等真菌生长的营养基。在松苗发芽和长大的漫长过程中，树苗和幼树会遭到各种虫害，啮齿动物与食草动物的啃皮、采枝侵害以及自然灾害，造成幼苗和幼树的大量死亡。因此，平均二十万颗松子落地，最后才有一棵红松存活。而熊、野猪、松鼠、花栗鼠、紫貂、狗獾、星鸦、松鸦等一大批动物都靠食用松子生存。随着树木被肆意砍伐，保护区的黑熊只剩十几头，马鹿二十几头，紫貂、野猪、星鸦、松鼠数量呈半数下降，棕熊、兀鹫、水獭濒临灭绝，远东豹、东北虎、原麝、青羊、梅花鹿彻底消失。"

2

很长时间，胡冬林一直不明白自己为什么那么喜欢大森林？后来他经过考证家族史料，认定自己是赫哲族人。他一下子就明白了，这个民族自古与森林有缘——那是一种源自血脉的东西。

七岁时母亲给他买了《森林报》《昆虫学（纽约时报科学版）》，后来他又看了《塞耳彭自然史》、亚里士多德的《动物志》《野兽之美》《瓦尔登湖》《长白山史话》等许多书籍，他对大自然产生了浓厚兴趣。真正对他有启蒙作用的是美国生态作家蕾切尔·卡逊。1979年，科学出版社出版了卡逊的《寂静的春天》译本，按胡冬林的话说，"他的头脑发生了一场地震，并且至今余震不断"。

胡冬林住在离长白山保护区大约十分钟路程的二道河镇一间租来的房子里。每天阳光一照到书桌上，胡冬林就会做五分钟激烈的思想斗争：是先在洒满新鲜阳光的书桌旁写完五百字再上山，还是马上上山？对于老胡来说，长白山的吸引力太大了，整个林子都是他的书房。

只要一上山，胡冬林的心情一下子就好得不得了。他说："我仿佛是整个林子的主人，所有动物啊、鸟啊、昆虫啊、植物啊都是我的同类。我喜欢它们，欣赏它们。"

每回胡冬林上山都要套上一身旧迷彩，背一个帆布兜子，兜子里装有必带的几样东西。帐篷和高瓦数的手提矿灯，因为碰上大雨天或者黑夜回不去，可能要在野外安营扎寨。相机是必须的，每次出去，他都能拍到一些没见过的植物、蘑菇、昆虫的图片，七八年下来，他已积攒了几万张。望远镜也是必需的。笔和本是必须的。

随身带的还有一个不锈钢水杯，用它来装山泉水喝。当然还会带适量的咖啡、干粮、水果、香肠以随时充饥和补充体力。还有就是一个糖尿病患者每天必须吃的药。

枪和刀，胡冬林是绝不会带的，他是一个环保主义者，一直把森林里的所有动物，把大自然的一草一木都当成朋友看待，绝不会去伤害它们。

但唯一一件武器他是万万不敢忘的，那就是警用防暴催泪喷射器。里面装的是美国进口的喷熊剂。那是用来对付棕熊和黑熊的。万一在原始森林里和它们狭路相逢，对准它们头部猛喷一下，可以对它们造成十几分钟的麻醉，又不至于真的对他们造成伤害。可就是这短短的十几分钟，就足够你迅速逃命了。

胡冬林每次上山一趟大约要走十五公里，每一次他都觉得那是一次全新的旅程，那是大自然对他最慷慨的一次赐予。他走一会儿拍一会儿，总觉得前方有更美的东西在等着他。他期望深入探索众多物种之间共生共荣、协同进化的关系。

胡冬林原本抱着体验生活的目的进的长白山，没想到他渐渐爱上了那里，甚至到了离不开的地步。

几乎每个晴天他都会进入原始森林，认花识鸟记树辨蘑菇；寻访猎手、挖参人、采药人、伐木者，听他们讲述放山打猎和野生动物的故事；体验观察自然界的四季美景和动植物生活，了解森林生态奇妙而复杂的关系……

"晚上在海拔一千二百米的暗针叶林中休息。这里阴凉、安详、静谧，间或有旋木雀羞涩文弱的嗞嗞轻鸣和褐头山雀肆无忌惮的喳啦啦长调。空气中弥漫着冷杉散发的特有的松脂香气。这片原始森林地面覆盖着一层厚达一尺的翠莹莹的塔藓或长发藓，远看似一片凝固的平稳起伏的碧绿湖水。青苔层低洼处和倒木湿朽的树身两侧，遍布着数不清的五颜六色的各种牛肝菌，仿佛整个牛肝菌大家族全都来这里聚会。远远近近的枯朽松杉枝上，缠挂着一团团细绒线似的老绿色短松萝，把每一根枝条都变成毛茸茸的绒棒。横七竖八的陈年倒木身上覆盖着暗绿色青苔，更显出这座森林的原始与沧桑，令人感觉来到了一个古老童话中的森林……"

这是胡冬林《森林笔记》里的一段，几年下来，他记下了五十多万字。每天少则千余字，最多的时候会记满六七页，抽屉里已经积攒了六大本记满文字的笔记。他平时用锁锁着，宝贝得跟命一样。

3

在河边灌木丛中，他有一个天然的办公桌：一棵直径一点五米的平整的大青杨的圆盘根座当桌面，找个伐木工丢掉的原木辘轳当凳子。这是从2007年起，他在原始林中找到的最别致的写字台。

他许多山林笔记和《蘑菇课》以及《野猪王》中的两章草稿就是在那台子上完成的。从住处走到这儿约四十分钟，每天走山路到那里"上班"。他在那里的邻居有高山鼠兔，一对褐河鸟，一对棕黑锦蛇，多对鸳鸯，一窝四只麝鼠，一窝花尾榛鸡及四头狍子。

在那里，他还遇到了一个"戴面纱的女人"，"她是我这辈子见过的最美的女人"。

他看我露出疑惑的表情，就哈哈大笑起来："'戴面纱的女人'其实是一种蘑菇。"

那是一个深秋的夜晚，他为了拍蘑菇的图片，就在森林里住下了。他把帐篷扎在一块空地上，矿灯一晚上也没敢灭。

一个人在山上太孤单了，那种感觉随着夜色的加深越来越强烈，各种阴影黑魆魆的整得挺吓人。各种响动，各种叫声，比如鹿、狍子、绿啄木鸟……凌晨3点开始，各种鸟叫就开始了。

胡冬林在那一蹲就是一两个小时，他要拍的这种蘑菇叫"戴面纱的女人"，也叫"鬼笔"。它能长半米高，平均每分钟长两厘米，从帽底下长出裙网，发出绿莹莹的光，妖媚而吊诡。

这种蘑菇原本长在巴西热带雨林，在长白山温度这么低的地方也长，他说如果不是亲眼看到，打死也不会相信的。

"记得后来下起了雨，我躲在帐篷里避雨，正好女儿给我发来了短信，手机屏幕一闪一闪的，也发出绿莹莹的光，整个帐篷似乎一瞬间也变成了一个巨大的'鬼笔'蘑菇，别提多美了。"记得胡冬林和我说这些的时候，幸福的神情像个孩子。

他还经常随当地科研所专家王柏上山考察学习。慢慢地他也变成一个"森林通"，可以辨认一百八十多种鸟，二百多种植物和一百多种蘑菇。

胡冬林说，若干年后，这些森林笔记将是他留给后人的最珍贵的财富。

胡冬林还有另外两笔财富：一是三十多年来收藏了自然生态以及东北民俗、方志等诸方面的书籍两千多册；二是多年保存下来的各种剪报和随手记在纸片上的各种资料和笔记，足有两个大皮箱。

4

在森林中远没有想象中那么浪漫，因为危险无处不在。

究竟遇到过多少次危险，胡冬林已经记不清了。

有两次，差点把命给整没了。一次是他写《青羊消息》的时候，为了寻找青羊的踪迹，在坡上一脚踩空滑倒了，顺着坡往下滑，后来被悬崖上的一棵树给挡住了，往下一看，底下就是深不见底的深渊。

还有一次，因为走得急，差点儿一脚踩到极北蝰——它盘在路中间，就像一堆大便一样，很不容易发现。他的一只脚都迈出去了，幸亏悬在空中没落下，捡了条命。

极北蝰是一种剧毒蛇。一旦被它咬伤，伤口附近会产生剧痛，二十分钟后受害者就会出现肿胀、晕眩、呕吐等症状，最后昏迷。这在荒郊野外一准儿没命。

胡冬林前后受过多次伤。一次是为了拍摄能滑翔四五十米的小飞鼠，扭伤了腰。一次是为写散文《拍溅》，扒着岩石近距离观察水獭，致使膝盖韧带拉伤。还有一次是为拍照举报因养殖大白鹅而霸占中华秋沙鸭食场的养殖户被树枝划破了上眼皮。

现在全球仅有中华秋沙鸭一千一百对，中国有二百五十对左右，而长白山就有一百对。2005年深秋，有六只栖息在头道白河水库，那是它们最后的食场。它们将从那里养精蓄锐，飞去江西益阳的湖里过冬。后来头道白河水库被人承包，养了一千只大白鹅，把中华秋沙鸭的食场霸占了。有几天晚上，那六只中华秋沙鸭甚至闯进胡冬林的梦里，让他放心不下。他前后去了头道白河水库两趟，拍了大量图片，并及时向有关部门反映了情况。

5

在胡冬林书房里，摆放着一个母棕熊的头骨标本和一个钢丝套勒住的马鹿的胫骨……它们用红布蒙着，仿佛来自远古部落的图腾。

每一个标本都是一个残忍的杀戮的故事。那是胡冬林有生以来听当地猎人讲过的最惨烈的故事。

第一个故事讲述的是一头三岁母棕熊和两头幼熊的悲惨遭遇。

在长白山森林里，一头母棕熊领着两头幼熊，被猎人追杀。猎人追了一天一夜，母棕熊被射杀（也许母棕熊是因为不忍丢下两个孩子才遭了厄运），两头幼熊还那么小，看到倒在血泊里的妈妈再也不知道逃跑，站在那儿一动不动，眼睁睁被射杀。一家三口，三分钟被灭门。被杀死的母棕熊头被制成标本，叫价七八千元。胡冬林听猎人讲了这个故事后，母棕熊一家三口悲惨的命运让他犹如雷击。他热泪盈眶，托人辗转数次，想尽办法终于把那个母棕熊的头部标本要了过来。

第二个故事是胡冬林到火山峡谷时听一个向导讲的：那是1979年的盛夏，向导独自到了那里，循着一阵臭气前行，猛然看见二十七八只马鹿的尸体横七竖八地躺在峡谷漫坡上。那是一条通往谷底的马鹿喝水的小径。盗猎者在鹿群的必经之路布下层层叠叠的钢丝套阵，勒死了这些马鹿。盗猎者长时间没来蹓套，致使这些死鹿一个个腹胀如鼓，内脏高度腐烂。可怕又可悲的是，一头黑熊嗅到腐肉味赶来吃鹿肉大餐，结果也钻进钢丝套被勒毙。

许多年过去了，有些钢丝套仍留在原地。长白山北坡现存马鹿仅有二十多头，但盗猎仍时有发生。后来就在那个地方，胡冬林捡到了那根被钢丝套勒住的马鹿胫骨。

胡冬林时刻把两套标本放在自己书桌上，每当他写东西的时候，他就感觉有两双绝望的眼睛在看着他。他的《青羊消息》《拍溅》《野猪王》就是在它们的陪伴下写出来的，而成为他绝笔的《熊冬眠树》就是为棕熊一家三口悲惨命运的立言和呼喊之书。

我从没有问过胡冬林隐居长白山那么多年的真正原因。难道仅仅是一个作家为写作体验生活吗？也许最初是，但后来肯定不是。否则他也不会一次次不畏恐吓，冒着生命危险去举报偷猎者和对当地环境的破坏者。

但有一条毋庸置疑，射杀母棕熊一家的炸子同时也击中了他的灵魂，从此把他和长白山那一整片森林连在一起。

6

有段时间，为给《熊冬眠树》的写作积累更多的素材，胡冬林频繁爬到海拔一千米以上的针阔混交林带，那里是熊经常出没的地方。

有一次，他在一片松软的细沙上，发现有三四枚类似熊的足印，其中一枚相对清晰。他感到一阵狂喜，熊的足迹！

他激动地趴在地上，反反复复观察，这枚清晰的掌印是一头未成年黑熊的后掌（熊掌前掌宽，后掌长），掌边缘有一圈厚毛，无形中扩大了足印的面积并使足印边缘压痕相对模糊，去除这个因素，裸掌约长十六厘米，宽七厘米左右。由此他得出结论：这是一头去年2月中下旬出生的小熊，年龄一年零七个月左右。

母黑熊生下小熊后要带两年左右，教给它独立生存必要的常识与本领。估计它身边有母熊陪伴。果然，随后又发现了稍大一些的足印。其中有的足印凹处有落叶松干针叶或落叶，大概是两天前留下的。循着这些足迹走出没多远，发现它们似乎停了下来。现场的足迹较凌乱，有双脚并拢驻足观望的脚印，也有侧转身改变方向的足迹，似乎嗅出前方有某种危险状况，表现出踌躇不决的心态。然后果真改变方向，调头沿峡谷的斜坡往侧上方行去，在火山灰形成的漫坡上留下两行斜行向上的足迹。它们选择的路线坡度较缓，完全可以走出峡谷，进入森林。

熊的领地是不可侵犯的。它是一种相当灵敏的动物，嗅觉是人的两倍，而听觉大约是人类的一千二百倍。它的领地意识特别强，在它出没的地方，以它为中心，方圆五十平方千米都是它的领地。

胡冬林说，你若不小心把帐篷扎在一头熊的领地，那就等于无意中侵犯了它，麻烦就大了。

除了闯入熊的领地，还有几种情况同样也会惹怒它。一种情况是你无意中从两头熊中间穿过。这种情况往往发生在一头母熊带一头小熊出来遛弯儿的状况下，它们一般不会一前一后，而是一左一右，彼此相互照应。它们中间会空出一段距离，比如它们走的是一条小道两边的草丛，如果这时候你恰好从小道经过，你看不到它们，而它们能看到你，你就随时可能会受到攻击。

在接下来的行走中，胡冬林发现了两个沿着河床上行又调头返回的足迹，似乎觉察到前方有熊，吓得马上转身折回。他意识到，前方很可能已经进入熊的领地了。

公熊的领地约五十平方千米或更多，母熊的领地小一些，但可与公熊的领地重叠。

有一次胡冬林在暗针叶林南侧的林中小路上，看见过熊的大摊粪便，全部是嚼碎的松子壳。还有人多次看见一头熊从地下森林方向出来，穿过公路进入森林保护区。根据上面这些情况，他基本可以断定，这头母熊就是这片广阔森林的主人。看着保护区内外黑熊种群在缓慢增长，是最令胡冬林感到高兴的事情。

7

从全球的视角看，面积两千五百平方千米的原始森林保护区，只不过是一小块野地。如今它被四个林业局下属的十六个林场重重包围着，被不断扩大的旅游设施、机场、公路、高尔夫球场、度假村和数不清的大小旅馆酒店重重包围着，被无边无际的农田和星罗棋布的村镇重重包围着！而在保护区内，由于开发旅游项目，建设别墅群，在核心区搞林下参栽培、林蛙养殖以及盗采松子、采菜挖参等等人类活动，近一半原始森林受到干扰和破坏。

在安图县一道白河镇和二道白河镇之间，曾经建了足足有四十到八十个足球场那么大的高尔夫球练习场和比赛场。练习场紧挨二道白河水渠，是松花江的发源地。比赛场挨着奶头河，奶头河最后也流进了二道白河。为了建高尔夫球场，挪走了八百到一千棵美人松。这种松一挪就容易死。球场铺的是马尼拉草，平均两三个月就要进行一次施肥打药。

为了通车，保护区修建了四条宽阔的公路，但恰恰是这样的人路、车路，截断了动物们的路。

保护区附近的路必须是砂石路，而不能有硬质化路面，否则，不同区域的动物会被隔绝开，基因信息也无法交流。

动物少了，大部分猎人改行了。然而偷猎的事情依然在发生，偷猎者如鬼影，给森林下了魔咒。又一头黑熊被猎杀，又一头棕熊被猎杀……野生动物的生存空间越来越小。

人类已经逼得动物们无路可走，无处可退了。

如今的长白山自然保护区已经很难见马鹿成群。熊、野猪、青羊、獐子、狍子和貂，这些森林里最活跃的动物也已难见踪影。数量越来越少的野生动物为躲避人类的追杀不知都躲到了哪里。

火山峡谷是长白山野生动植物命运悲喜交织的一个缩影。自从禁止在保护区采松子的禁令实施后，很快就迎来松子丰收年，星鸦种群随之迅速壮大，黑熊、野猪、狍、松鼠等动物数量明显增多。事实证明，只要人类不去破坏和干扰这片温带原始森林，自然万物在数亿年进化史形成的自我修复与再生的神奇活力将重新焕发出来，再过二三十年，必将出奇迹，这是胡冬林生前最希望看到的一种景象。

如今冬林兄虽然离开了我们，但他一定不愿意离开他的长白山，不愿意离开他的森林王国。森林里每一棵松树都有可能是他的化身，那林中奔跑着不断回头的小鹿，它分明有着和冬林兄一样温柔的眼神。

写诗上瘾的人

车延高每天的时间安排就像上了发条。

他每天早晨5点多起床，很利索地洗漱、用完早餐，然后散一会儿步，7点钟会准时出现在办公室。泡上一杯茶，打开电脑，他开始浏览诗歌网站信息和登录自己的博客。上班前的一个小时，是属于他工作之外的私享文学时光。

车延高不抽烟，也不好酒，工作之余最大的乐趣就是写诗。他兜里随时揣着小本子和笔，一些灵光一闪的小念头一出现，他就会马上记下来。

灵感来袭，并没有规律可循。他夜里看书，可以看任何东西，唯独不能读诗集，否则会激动。一激动，好句子就会像鱼儿一样往外蹦，就得爬起来往下写，这一折腾就睡不成觉了。

有时出门，一旦触景生情有写诗的欲望，他随时随地可以一屁股坐下开始写。久而久之，他妻子也摸透了这个规律，但凡和他一起出门，包里一定带着纸笔。

如果没有会议，周六周日两天，车延高基本上在办公室度过，关上门，一个人静静地看书、上网、写诗、画画。

　　他在一首题为《咬残星》的小诗里这样写："半山，一轮海月／凤眼，逃离青枫台／／阴风藏于青萍之末／你牙白，咬残星／字字珠玑／／我拣出七个字／灵魂脱脂骨节白。"

　　而他案头摆着的是一幅清新淡雅的山水，题款是他独有的"羊羔体"：松真风静山远。

　　如果不写诗，车延高和其他官员没有两样，但他偏偏喜欢写诗，这种选择似乎注定会给车延高带来烦恼。

　　获得第五届鲁迅文学奖后，他一度为舆论包围，被抛向网络的风口浪尖。对于官场中人来说，因某一件私事或某个细节被热炒，搞不好就有身败名裂的危险。

　　车延高说那段其实挺痛苦的，本来业余写点儿东西，谁知会惹来那么大的麻烦，自己毕竟是个官员，最怕别人借题炒作，一旦陷入网络大军的围堵中，就很难脱身，怎么解释都不行，不解释也不行。

　　但车延高是个执拗的人，他说我业余写写诗，陶冶陶冶情操，与己有益，与人无害，何乐不为？精神生活和物质生活一样重要，如果没有，无异于行尸走肉。

　　他在写作上确实有瘾。如果让他把写作拿掉，那他在生活中就会很不习惯，就好像少了可以产生兴奋的东西了。

　　有人把业余时间用于吃喝玩乐，去联络各方面的关系，但车延高除了工作，就把自己关在办公室里、家里，去读书、去思考、去写作，他觉得这种生命才是有质量的。

车延高说自己之所以喜欢文学，也许是和他敏感而悲伤的少年时期有关。提起那一段的遭遇，车延高说就像一个噩梦。他十一岁那年，"文革"大幕拉开，他们家发生巨变，父亲被人打断了三根肋骨；母亲则被迫自杀，虽被抢救过来却受到严厉处分。这种经历让他比同龄人早熟，以后的种种恶劣环境不仅打不垮他，反而培养了他坚韧的品格。

十六岁那年，车延高进入陕西国营792厂（现陕西群力电工有限责任公司），成为一名喷漆工。他在工厂一干就是两年，十八岁的车延高俨然已成了熟练技术工，已经是"车师傅"了。

喷漆是有害的工种，作业时必须全副武装，裹得严严实实。尤其是夏天，油漆挥发快，气味十分呛人，再加上密不透气的工装，一场活干下来，常常浑身湿透。那两年的工作经历让车延高几十年都对气味非常敏感。

1975年，车延高报名入伍，成了某部队的报务员。

部队在青海西宁，气候条件十分恶劣，高度缺氧，生活条件非常艰苦。车延高和战友们背着背包跑步，跑上十几步以后就喘不上气。

忆起往事，车延高觉得那是一种难得的人生历练。后来部队要选报务员，当时的选拔颇为严格，政治上优秀的车延高被选中担当此任。

冬天的青海贼冷，那个时候没暖气没空调。大教室里面，电报机的上下键之间是用弹簧顶的，可塞进两分的硬币，咚咚往下敲，练手腕的力量。敲了不到半天，车延高感觉指甲盖就敲裂了，渗血。到了中午睡完午觉，拿那个电键就不敢动，手指钻心地疼。第二天，手指在电键上揉很久，就不敢敲一下，最后硬是咬着牙敲下去，敲到最后，键钮上都是湿乎乎的血迹。

报务员抄报必须具备很强的抗干扰能力。抄信号的时候，别的几个信号在嘟嘟地响，你要始终抓住主信号抄。车延高记得报务队毕业时，他一分钟可以抄到一百六十个字。已经是很厉害了。

异常艰苦的生活，加之长年连蔬菜都难得吃上，很多人开始生病。因为用脑过度，车延高开始胃疼、腹泻、脱发。接连住院，无法上班。在这种情况下，连队只好安排他去喂猪。

粉碎猪草的时候，有时候机器里的螺丝松了，会突然脱落，飞出来的时候从头顶掠过去，把旁边的铁门打出一个深坑。车延高三次遇到这种情况，但他命大，未被击中。

喂猪的间隙，车延高有充裕的时间可以看小说，大脑可以信马由缰地胡思乱想。也就在那段时间，他开始迷恋上了文学创作，并尝试写诗。

大概写到第三十七篇稿子的时候，《青海日报》副刊发表了他的诗歌处女作，也正是那一次发表坚定了他的文学梦。尽管是一首小诗，但这毕竟是第一篇作品，他足足兴奋了一个星期。三十多年后，车延高说起这一段还感慨万千。

部队领导后来发现他有一定文字功底，就安排他当文书。恢复高考后不久，电大开始首次招生。还在部队当兵的车延高得到消息时，距离考试已经很近了，他借了书躲到公园里看，天黑后就移到路灯底下看，一张席子铺在地上，学累了就地休息，像是被逼疯了一样。就这样，车延高进了中央电大学习。

1981年转业后，车延高先后在武汉市江岸区二七街办事处、劳动街办事处、江岸区委、汉口区委工作。2001年5月任武汉市江汉区区委书记，2003年2月任武汉市政府秘书长。2006年底，车延高当选为武汉市委常委、市纪委书记。

回想自己一路走来，车延高说他们那一代人实属不幸之中有大幸！说不幸，是因为那时生活似乎有意和他们过不去，在他们要走的路上布置了太多的坎坷，让人踬前蹶后，一再错过；说大幸，是因为生活是一块很负责任的磨刀石，它在逆向用力时恰恰砥砺出他们特殊的人生经历和百折不挠的品格。它决定了那一代人必须在坚持中努力，必须靠持之以恒的学习去追赶和挽救自己，因为错过的太多，必须用时间的鞭子抽着自己奋进。

对于车延高的业余写作，身边也经常有朋友善意提醒他："你是个官员，小心人家说你不务正业。"

车延高每次听到这种提醒就哈哈大笑，说看看我第二本诗集的名字你们就明白了。他第二本诗集取名《把黎明惊醒》，应该说是他业余创作的真实写照。他在自序中这样写道："挤进时间的缝隙里写作，是我写作的真实状态。作为一个业余时间爬格子的人，能够归我支配的固定时间只有早晨5点10分到7点40分。这段时间是黑夜和白昼交接的临界点，也是休息结束和忙碌开始的转换期。写着写着太阳就靠近了窗边，提醒我该去上班了。我很满意《把黎明惊醒》这个书名，它符合我创作的实际，我的大部分作品都是在黎明时段里写就的。"

实事求是地说，车延高所从事的工作是繁忙的，他常常被各种突发的、琐碎的事务搞得焦头烂额。业余创作，最稀缺的资源是时间，除了工作，他是那种"周六保证不休息，周日休息不保证"的写作状态，有一点儿时间就去琢磨诗。大部分诗歌都是见缝插针，从时间的缝隙里挤出来的。

车延高感觉自己写诗的时候，就像背着灵感行走的独行侠，写诗让他身上不带官气，始终保持着一颗平常心，这正是他喜欢的。

官员身份让诗人车延高的作品常常被放在"显微镜"下。他写过一首《把自己当扁担的人》，灵感来源于街头的民工。车延高说，他曾经好几次跑到街头，观察民工在树底下歇凉，看他们撩起自己的衣衫擦汗，于是有了灵感，他在诗中写道："他们的衣衫就比别人多了一个功能，可以撩起来擦汗。"民工擦汗这一司空见惯的场景，经官员车延高一写，就变成了网友讨论的"话题"。

车延高说，写诗让他懂得为官之道。因为有了诗歌这双眼睛，可以使他在日常生活中保持一种清醒，眼睛不离泥土和根，不忘生活的另一个侧面，这样的写作才会和社会息息相关。

　　如今已经进入半退休状态的车延高，终于可以大大方方把读书写作纳入一天八小时的日常规划里去了，但他依然习惯每天5点多就坐在办公桌前迎接阳光，写下最新的诗行。

在诗意中复活的城

在看到赵晓梦的长诗《钓鱼城》之前，我一直在断断续续地读卡尔维诺的《看不见的城市》。

卡尔维诺以客居蒙古帝国都城元大都的旅行家马可·波罗向忽必烈大汗汇报的方式描绘了帝国的五十五个城市，那些城市其实都是马可·波罗为取悦忽必烈大汗自己想象出来的。

他给每个城市都起了一个像女人一样美丽惊艳的名字，城市面貌也千奇百怪、各不相同：它们中有每座摩天大厦都有人在变疯的城市吉尔玛；有时刻都被肉欲推动着的克洛艾；有所有尸体被送到地下去进行生前活动的埃乌萨皮娅；有周围的垃圾变成坚不可摧的堡垒，像一座座山岭耸立在城市周围的莱奥尼亚；有悬在深渊之上的蛛网之城奥塔维亚；有只有管道没有墙壁，没有屋顶，也没有地板的城市阿尔米拉……

13世纪刚开始，蒙古人以狂风扫落叶之势横扫地球，先后征服金帝国、西夏帝国、花剌子模以及当时的俄罗斯，把想象力所及的陆地几乎统统纳入版图。1259年，蒙古帝国又征服了朝鲜。1260年，忽必烈成为蒙古帝国当家人。

忽必烈大汗想象他所拥有的庞大帝国之上的每一座城市都是他手中的一局棋，他掌握各种规则的那天，就是他终于掌握整个帝国之日。可是马可·波罗每次旅行回来向他汇报的城市，都跟他想象的不一样。起初，忽必烈为征服的疆域宽广辽阔而得意自豪，可很快他又因为不得不放弃对这些地域的认识和了解而感到忧伤。在帝国成长得最旺盛的时候，前方报告敌方残余势力节节溃败，不断有不知姓名的国王递来求和书的时候，忽必烈发现，珍奇无比的帝国，只不过是一个既无止境又无形状的废墟……

读完赵晓梦的长诗《钓鱼城》，我惊奇地发现，他描述的是另一座看不见的城市。不同的是，一个描述的是如何扩张，一个歌咏的是如何坚守。赵晓梦笔下的蒙古大汗孛儿只斤·蒙哥就是忽必烈大汗的亲哥哥。

同为元太祖成吉思汗之孙，孛儿只斤·蒙哥和孛儿只斤·忽必烈的命运却是截然不同。1258年，蒙哥和其弟忽必烈及大将兀良合台分三路大举进攻南宋。1258年农历七月，蒙哥汗亲率主力进攻四川，一路所向披靡，攻克四川北部大部分地区。1259年初，在合州（今重庆合川）钓鱼城下攻势受阻，数月不能攻克。1259年8月11日，蒙哥汗亦在此役中身亡，年五十。

赵晓梦的《钓鱼城》写的就是这一段历史。和《看不见的城市》中一个诉说一个倾听的结构不同，《钓鱼城》组建了一个三足鼎立的叙事结构：分别为"攻城者""守城者"和"开城者"，余玠、蒙哥、王坚、汪德臣、张珏、王立、熊耳夫人、李德辉……这些作为三个团队发言的代表性人物，他们的灵魂整整博弈了三十六年。

如果说《看不见的城市》是卡尔维诺用想象编制起来的迷宫，是以一个古代使者的视角对后现代城市的反思和隐喻，充满了令人目眩神迷的梦幻和荒诞感。那么，《钓鱼城》就是赵晓梦用诗意语言复活的一座城池，是以一个现代人的视角对七百多年前一场战争的反思，是七百多年后一位现代诗人献给南宋的一曲挽歌。晓梦是合川人，关于钓鱼山的远古传说和钓鱼城的战争故事早已烂熟于心，他为钓鱼城写一部大书的想法也由来已久，记得2016年夏天的某个晚上，我和邱华栋先生去晓梦兄家喝茶，他曾说起要搞一个"大东西"，我一直很期待。所以《钓鱼城》出来后，我第一时间一口气读完了。通过对这首诗的阅读，我突然就多了一分对晓梦的理解。他用一千三百行汉字垒墙，把一座"钓鱼城"建造在了纸上，这是晓梦的乌托邦。晓梦笔下的钓鱼城，已不再是历史上那座钓鱼城，也不是现在的钓鱼城。而是一座全新的城市，是诗人融进了自己的想象和理解虚构出来的一座城池。在这里，诗人就像一个汉语的造物主，依靠文字的魅力让山山水水、一草一木、城池、马匹和人都一一复活。在这里，每一块石头都诠释着"坚守"与"气节"，而那些看不见的鱼都变成了飞翔的精灵。

我特别同意喻言的说法，晓梦兄终于用一首长诗完成了自己。他作为一个资深媒体人，把自己对人生的理解、生活的况味、世事的洞明和一个合川人的家国情怀都写了进去，他的语言在保持理性、冷峻、粗粝、硬朗的同时，还多了几分岁月的从容和人性的恍惚。

我觉得这首诗特别重要。为什么这么说呢？因为它与当下这个特别生活化、特别具体化、特别琐碎化的时代隔开了一段距离。这段距离就像荷尔德林从法兰克福回望他内卡河畔的故乡劳芬，恰恰因为隔开了一段距离才能看得更加真切。

这是一首"垂钓"之诗。赵晓梦试图以石头为饵，去垂钓一座城池视死如归的孤独与绝望；以宋词为饵，去垂钓一段国破山河在的悲壮与忧伤；以汉字为饵，去垂钓一种穿越历史云层的人性光芒。

这是一首"抵御"之诗。它抵御的不仅是掠夺和暴力，还是一个人内心的溃败和陷落。

这是一首"过滤"之诗。它用一千三百行的长度打通了连接南宋最后一道防御"钓鱼城"的通道，通过这条通道，过滤掉了我们人性中共有的麻木、冷漠、贪婪。

读赵晓梦这部长诗，最好选择某个夜深人静的时刻。透过书页，你没准会突然听到时而急促、时而缓慢的鼓点。我不知道这种鼓点赵晓梦在写作的时候有没有出现？也许这正是他写这首诗时的内在节奏。

在某个深夜，我再次捧读《钓鱼城》，恍惚间觉得诗里的人物突然活了过来，甚至开始在书页上走动，隐隐地传来一阵厮杀声和战马的悲鸣……

这也许恰恰是一首诗带来的力量。

乡 村 史

　　从车辋到卞庄二十里，从卞庄到临沂九十里。

　　从临沂到卞庄九十里，从卞庄到车辋二十里。

　　这一来一回的二百二十里，曾是辰水每个周末为诗歌而奔走的路程。

　　那时的辰水不过二十出头儿，正是为赋新诗强说愁的年龄，学校刚刚毕业，从梦想的云端一下子被摁到车辋镇农经站的现实岗位上，每天的工作机械而乏味，白天守着一大堆表格忙活，晚上同事们都忙着出去喝酒打牌，他却一个人躲在宿舍里偷偷写诗。在那段枯燥的日子里，写诗成为一个青春苦闷的年轻人宣泄的隐秘渠道，让他乐此不疲。

　　之所以隐秘，是因为在这个小镇上，他找不到另外一个写诗的人。

　　渴望交流的辰水，常常一个人深夜爬上不远处的小山冈，对着空旷的四野大声朗诵自己的诗，他的听众仅限于旁边的那几棵树，抑或偶尔飞过的一只流萤。

而此时在一百一十里之外的临沂城，我和江非、轩辕轼轲等几个写诗的哥们儿则比辰水幸运得多，三天两头儿都可以曲水流觞，喝茶、饮酒、谈诗，好不快活。不过，我们也常常会因为各自观点的不同而像斗鸡一样，拍桌子摔板凳斗嘴吵架，但等不到散场就又和好如初。这种状态一直持续到江非南下和我北上。现在回想起来，那一段可能才是彼此人生中最美好的一段文学时光。

　　等辰水找到我们，差不多已经是2000年初夏了。在沂蒙路上的一家小酒馆，腼腆的辰水掏出一摞诗稿，我们一群人一边喝酒一边讨论辰水的诗，那些诗稿成为最好的下酒菜。

　　辰水的诗歌让大家眼前一亮，我们庆幸"临沂诗群"里又多了一个才华横溢的小兄弟。

　　在那以后的几年里，辰水的周末基本都是在车辋至临沂城的奔波中度过的。

　　他一大早先坐上车辋至卞庄的乡村中巴，到卞庄汽车站再换乘去临沂的客车。

　　那些乡村客车多数都是私人承包的，车又破又慢，最要命的是拉不满人还不走，常常在县城一圈一圈地兜圈子，一两个小时还出不了县城。本来是中午的聚会，每次等辰水赶到往往就要下午一两点钟了。坐不了几个钟头他又要匆匆离去，因为回苍山的客车末班车是6点。

　　不知辰水自己有没有想过，那些年从车辋到临沂之间的奔波历程，可能恰恰是他人生的一笔财富。那种乡村的缓慢和路途中的煎熬恰恰是诗歌切入当下最好的角度，让他观察到了一个真实而鲜活的乡村世界。

他写下了春夏之交那一群背着蛇皮袋子外出打工的民工对故乡的眷恋，也写下了马车上男女油漆工的耳鬓厮磨。他悲悯的眼光曾投向了那戴着制服帽的女疯子，也曾为寻人启事上丢失的小梅而揪着心。

辰水的心是敏感的也是柔软的，在他眼中，乡村是带补丁的，那走着走着就消失了的小路，那流着流着就分了岔的河流，那河滩上突然多出的一座无名少女墓，那一季季枯而又荣的青草，都曾牵引着他的神经。

他最终的关注点落脚还是到了那片土地上活生生的人。他用诗歌记下了村庄里那些草木一样微不足道的人：乡村教书先生，寡妇杨氏，杀猪的姥爷，长寿的抗美援朝老兵，还有杀夫者杨贵花、偷车贼梁五、偷牛贼毛蛋、拔橛者李二孩……这些人的名字也许一生唯一一次变成铅字是出现在辰水的诗中，但正是他们这一个个微不足道很容易被忽视的人构成了乡村的历史。而诗人辰水就是那个用诗歌为乡村作传的人。曾经养育他的安乐庄，对辰水来说，就像康斯坦丁诺沃之于叶赛宁。

就在辰水从车辋至临沂每周一次乐此不疲的奔波中，他所在的农村正发生着翻天覆地的变化，越来越多的人投身于外出打工的洪流，无数村庄里只剩下六十岁以上的老人和十三岁以下的儿童。那日渐荒芜的田野和县城城郊的烂尾楼都让他感到一种茫然和无所适从。

原本就寡言的辰水变得越来越沉默，每次聚会他都是话最少的那一个。他这一时期的诗歌也一改以往的纯净和单薄，变得厚实硬朗起来。

又一次文友聚会，辰水带来了一个五六岁的小男孩，大大的眼睛，小尾巴一样跟在辰水身后。我们才恍然明白，当初那个毛头小伙不仅早已结婚，儿子都这么大了。

有一年，辰水一改往常的习惯，不是周末也常到临沂来，那是他为晚期肺癌的父亲去仁和堂药店抓药。

昂贵的西药和一大包一大包的中草药最终也没能留住他父亲的命。也许直到那一刻，二十七岁的辰水才明白什么叫世事变迁，什么叫人生无常。

台湾老兵高秉涵在接受柴静采访时说："没有深夜痛哭过的人，不足以言人生。"

而辰水却说，没有经过生离死别的人永远长不大。

他说，就在父亲离世的那一瞬，他感觉自己长大了。

辰水曾一次次对我叹息："就在头一年上年坟的时候，为了看清墓碑上的字，我还和父亲一起拂去墓碑上的雪，没想到他这么快也变成了墓碑上的字。"

那一时期，辰水内心的岩浆终于喷发了，相继写出了《墓碑上的雪》《纸做的秋天》《和泥土混在一起》等对他来说特别重要的一组诗作。

不久以后，《天涯》"新千年诗选"头条推出了辰水的诗歌，首都师范大学的王光明教授在那一年的花城版诗歌年选一页纸的前言中，半页都在评价辰水，大有如获至宝之意。

2008—2009年我在首都师范大学担任驻校诗人期间，导师吴思敬先生有一次谈起辰水悼念他父亲那一组诗歌的时候，也感叹辰水好像一下子打通了穴道。

这之前或许至今，两位先生都未曾与辰水谋面，这或许就是诗歌的魅力吧。

而作为最好的诗歌兄弟，我和辰水相识已经20年了。

这几年，相隔千里，能见面的机会越来越少，但差不多每隔两二个月就会通个电话，兄弟之间没有多余的寒暄，三言两语互道个近况电话就挂了。辰水的口音很重，那是我无比熟悉的鲁南方言，一着急他还稍稍有点儿结巴，每次他都会说，"老、老邰哥，你什么时候回、回临沂记得告诉我哈"。

我至今没有告诉辰水的是，其实每次和他通完话耳畔都会感到隐隐灼热，那或许是乡音带来的温度。

一个人的乌托邦

就像一提起叶赛宁人们就会很自然地想到康斯坦丁诺沃，当我们试图谈论徐俊国诗歌的时候，也很难避开"鹅塘村"这三个字。作为诗人最后的精神家园和永恒的抒情母体，他们的相同之处或许就在于都是因为诗歌让我们记住了他们村庄的名字。所不同的，前者是诗人出生和成长的地方，而"鹅塘村"却是徐俊国在自己的诗歌版图上构建的一个时光村落。按我们东方的审美标准和艺术情趣来说，这和孔子做周公之梦是一个道理。如果说孔子浮海居夷是句赌气的话，那么徐俊国是不是想在"鹅塘村"达到以退为进的效果就不得而知了。孔子的时代礼坏乐崩，社会生活极不理想，所以孔子成为一个十足的理想主义者。如今很多人被眼前的一点点利益蒙住了眼睛，剩下的只有目的。我们都太精于算计，太斤斤计较了，恨不得手中时刻拿着一把游标卡尺。人生哪里还有一点点浪漫可言，生活哪里还有一点点诗意可言？

我和俊国出生于齐鲁大地，成长在礼仪之邦，孔孟思想对于我们的影响很大。我因此获得了对另一个诗人的理解，"鹅塘村"其实就是诗人在现实社会的乌托邦，那里藏着一个诗人所有的梦想与尊严。在那里，诗人让我们共同遵守善良的公约，让我们学会向一棵小草道歉；在那里，一头老牛、两只蜜蜂和一群蚂蚁都是鹅塘村的村民，都会背诵小学生守则；在那里，可以随便抓一把时光给灵魂打个补丁，可以把人世间最干净的词语都收进乡村词典——我曾问询过俊国，知道了他出生和长大的那个村子真正的名字叫"小城西村"。这样一来，诗人就有了两个家，一个家是他的出生之地，一个家是他在自己的心里建造的鹅塘村。"诗人的写作就是在这两个家之间奔跑和追索，不可能离开，也不可能回去，你此刻在家就永远在家，你此刻孤独就永远孤独。"

其实，在现在这个行色匆匆的世界里，你要学会跟一只蜗牛练习跑步才不至于掉队，要找到一处精神栖息之地才不至于迷失了自己。我相信，俊国的每一次写作既是一次精神的远游，也是一次灵魂的回家。他虽然住在平度市，但他的根却始终扎在乡下。他就像一只误飞进城市的麻雀，小心翼翼地在高楼和大厦之间觅食。五彩的霓虹射灯、林立的时装模型和闪光的商品橱窗也许给他带来了短暂的快感，但又很快被随即而来的茫然和无所适从所代替。他的目光曾多少次穿越楼层，跟随"一只小小的蚱蜢"飞回鹅塘村的一片庄稼地里。他在城里生活的时间越长，他的心就走得越远，他的心走得越远，他回家的渴望就越强烈。最终还是诗歌使俊国警惕地与城市保持了一小段距离。俗世生活没有使他找到成功的感觉。他甚至无法像一个新兴市民一样在城市宽阔的马路上真正悠闲地漫步。这说明诗人并不是一个在时光的村落里闲逛的人。他是焦虑的，深藏着忧郁；他是矛盾的，始终保持着一种对时代思考的紧张感。这使他一开始就站在了一个悖论的诗歌立场上——肉体生活在城市，灵魂却一刻也没在这里待过，而是梦一般游荡在乡村。而这个"乡村"也不是现在的乡村，它是深藏在他童年和少年回忆里的，它的位置也许离心灵和天堂更近一些。

虽说生在同一个省份，也都业余鼓捣点儿诗歌，但很长一段时间以来对彼此的了解仅限于刊物上和博客上。

第一次同徐俊国见面是2006年秋天。这一年我俩有幸成为诗刊社第二十二届青春诗会的同学，因为都没出过远门，就结伴去宁夏。

一路上，他聊他的绘画，我说我的茶叶店，彼此谈兴不错听意也浓。俊国的老婆崔东平常有电话打来，随时叮嘱他注意这注意那，细微之处让人心生艳羡，她甚至让俊国把手机给我，偷偷给我说："邰筐哥，俺家俊国在家里还是个孩子，你在外面替俺多照顾着点儿。"有时是孩子在电话里抢着说话，我才知道他还有一对双胞胎女儿阳春和白雪，着实让我羡慕了一阵子。

第二次是参加山东省青年作家高级研讨班，我们又一次成为同学。我们晚上出去吃烧烤，打个的士在陌生的城市里乱转。这样的时光实在让人怀念。我这个人懒散惯了，平日里较少和外界联系，和俊国的交往算是最多的。偶尔发个短信打个电话彼此问候一下。每到季节，俊国就会让平度至临沂的大巴捎来当地的樱桃或者大泽山的葡萄，我就给他捎点儿沂蒙老区的煎饼。这种关系不像诗友，倒像分隔两地的亲兄弟。

生活中的俊国是一个安静的人。大部分的精力要用在美术高考生的辅导上。假期还要带着学生去山里写生。他的那些学生都和他称兄道弟，在他们中间他其实就是一个大孩子。这或许是他始终有个健康的写作心态的主要原因。

再后来，俊国被人才引进去了上海松江，我从北京坐五个半小时的高铁去看他。他陪我逛钟书阁书店，带我去城郊的九曲坊亲手拉坯烧制杯子。屋里墙上挂着抄诗的卡片，院子里一蓬碧绿的芭蕉上立着一只蜻蜓，旁边柿子树上的柿子已经红透了，我们一边喝茶一边有一搭无一搭地说话，一只叫小五的猫斜睨着眼睛看着我们，夕阳从树叶间筛下，满院子都是晃动的光斑，让你一下子恍若置身一个时光的村落。

事情就是这样，一个在生活中顺应心灵的人才会找到艺术的方向。哪怕是在满眼繁华的大上海，俊国依然找到了他偏居一隅的精神家园。在他松江的家里，墙上沙发上到处挂着堆着他刚完成的小画，每一幅都是一个童话。

他有两个可爱的女儿，一个叫阳春一个叫白雪，他和俩女儿一起养了一窝蚕，他们每天去郊外采新鲜的桑叶，他们看着蚕从比蚂蚁还小的时候一点点长大。

而此刻他的家里是那么温馨：俊国在翻书架上的诗集，

佛罗斯特的、加里·斯奈德的、希尼的、雅姆的，一本一本，像和老朋友握手；阳春、白雪在整理书包；女主人正在厨房里热牛奶，新烤的面包散发着打麦场的味道。

心中藏着闪电的人

——风言诗歌印象

在临沂诗群中，风言基本被看作一个"大器晚成者"。他差不多四十岁才开始真正的诗歌写作，而作为临沂诗群主要成员的江非、轩辕轼轲等人，二十多岁时就早已蜚声诗坛。

虽然看起来风言的写作黑暗期比别人漫长，但他似乎也在黑暗中积聚了更多的力量。虽然他出道要晚一些，但却早已超越了所谓的青春期写作阶段。尤其他近期在《人民文学》《新浪潮》栏目和《诗刊》头条集中推出的两组诗，显现出只有成熟诗人才有的沉稳和从容。高纯度的语言和丛林般的意象是构成他诗歌修辞美学的两个基本要素。他的诗具有明显的形而上特质和书卷气，拒绝向下，渴望飞翔，自觉与人群和日常拉开了一定的距离，他就像一匹奔跑在精神斜坡上的黑马，以危险却不失优美的语言姿态和精神向度让人眼前一亮，为临沂诗群的写作带来某种新的可能。

我曾在银雀文学奖授奖词里对他做过这样的评价：风言的诗有俄罗斯白银时代的那种线条，亦有美国现代诗歌独有的硬朗。他似乎执迷于诗歌的炼金术，以精神洁癖式的语言追求，构建着一座词语的宫殿。他的抒情方式是隐忍、克制的，他是一个心中藏着闪电的人，在他句子的绝壁、段落的峡谷里，蕴藏着随时可以爆发的一场情感风暴。

一个心中藏着闪电的人，一定是一个默默耕耘的人。这闪电，本来就来自大地，是从大地升腾起来的云雾，以正负电子的形式存在于心，一直在积蓄和酝酿，总有一刻，它会点燃天空，把夹杂着汗水、泪水的雨，归还于大地。无论是含蓄的小雨或是充满力量的疾风暴雨，抑或是忧郁惆怅的秋雨。在这种归还里，"光影浮动，天地有山羊咀嚼青草的平静／山风带刀而行／万物变小。牧羊人的鞭子抽打坟头的青蒿／也抽打高原小镇的心。"

一个心中藏着闪电的人，他的灵魂一定是与大地、天空结为一体的人，他用闪电的方式歌唱，同时也照亮自己。"至善的仁者，你从我身上取走的／谁将一一带回？／在人世，我只是飞鸟，树，还有白云的囚徒"。

但风言的闪电是有根的，这在他的《天堂》《与母书》中都能找到，那里蕴藏着一种传统的力量，是他诗歌的源头。在那里，有鸡有猪有菜园树林，也有自己和亲人的墓地；在那里，诗人一定常常仰头寻找和注视过闪电，用那些会发光的汉字在内心制造过闪电。最后，他内心的闪电带着他的情感飞升，侧身在云端。

在风言的诗里，闪电以很多种方式存在：有时是风，

"在墙上制造不测的风云 / ——让我手持盐粒 / 在一枚贝壳里，不断打探 / 大海的消息"（《夏的临终》）。有时是一滴水，"大多数时候，它干净 / 易逝——简朴如一滴水 / 昔日的喧嚣曾让我与江河并立 / 如今，我只保有尖锐的寂静"（《戴罪之身》）。有时是"一根缓冲的刺 / 总有一些崩落的词，令我尴尬，惊悸 / 捉襟见肘"（《与母书》），有时又是"雨里的哭"，是"泛滥的泥浆"。

但更多的时候，风言的闪电似乎带着某种神性的力量，它似乎从天而降，让你猝不及防。这种光芒，在《长夜将尽》《远方来信》的文本中，都能寻找到踪影。"长夜将尽 / 光却在十里风暴中塌陷 / 天地难容的肉身和诗句，经受了怎样的 / 躬身之敬和屈膝之辱 / ——告诉我，沙粒吹进眼睛时 / 真理该以何种面目扶住世界的额头？"而在《阅读》中，被表达得更加强烈，"谁在用转身背弃光芒 / 试图在黄昏的每个拐弯处加注标点 / 但愿你的愤懑不是符号，是真理 / 是月光撕裂水面的一种危险"。

风言的闪电，有时更像一把刀，不仅劈开了自己内心的黑暗，还妄图照亮这个世界："雨中黄河，多像天地磨出来的一把刀 / 横刀夺取这万里光阴的 / 是高原被凌迟的切片 / ——这逐步抬高的河床 / 恍若乱世的一纸诉状 / 它举了千年，无人敢接"。（《青海青　黄河黄》）作者的情感浓烈到一定程度之后，甚至有了短暂的癫狂，他要用这把刀"把花朵的头颅砍下来，美才能完成一次冒险"。这是作者身处"一

个封闭世界的愤懑"，是"很深的焦虑带来很深的毁灭"。（《阅读》）

我们虽无法选择一个时代，却能选择自己的心境，我们祈求安宁，却不拒绝波澜；我们虽在生活的泥沼中亦步亦趋，却从没忘记仰望星空。当年曹禺先生把一个时代的命运汇聚为几段《雷雨》的方式，感动激励了一代人，让人性在一个雷电交加的夜晚，撕开一道道伤痕。

而现世中，心中有闪电的人已经越来越少了，我们每天习惯了雾霾，习惯了沉默，习惯了庸庸碌碌。即便有几片云朵飘过，也很难在你死水般的心里碰撞出涟漪。城市犹如一个越吹越大的气球，无限膨胀的是人类的欲望。即便偶尔升腾起来的，也大都是浮云和泡沫。而好的诗人犹如带电的云层，他心中囤积着三百吨雷鸣的力量。

当然，诗歌的闪电不应该仅仅是电闪雷鸣，更多的是隐忍的心灵之光。在这方面，风言有着自己的努力，他善于把闪电埋在墙角里，埋在河床下，埋在睡眠里，埋在日复一日的庸常生活里。但是，他能听得懂召唤"我听见光芒的钟锤在敲打宇宙的脊背"，这让他有了觉醒，有了破壁而出的渴望。于是他把闪电交给《戴罪之身》，"当审判的法槌落下／安魂的颂歌唱起／——泪水只有生命临终才被称量"，在《长夜将尽》的时候，发出自己的光亮。也许这个时候，他才是自己的王，"听见了命运的摔门声""有了会飞的可能"。

他变成了一朵白云

认识钊哥源于二十年前的一次打赌。那时我在二哥的学校工作，记得学校订了一份《杂文报》，每次来了新报纸，和我对桌的振华还有特色部的老杨总是不约而同地去抢着看。一份对开八版的小报三个人抢，总有一个人轮空，往往是老杨看一至四版，振华看五至八版，他俩不管谁先看完了也不给我，而是等着和对方交换，我只有等他俩八个版都看完了才能拿到手。身为校长的二哥对此浑然不知，他常常埋怨办公室的小张，怎么每次送来的新报刊都缺少《杂文报》？

可怜我和老杨、振华三个人常常因为看这份报纸耽误了午饭，牺牲了午休。看得久了，仨人几乎同时记住了"理钊"这个名字。那时正是理钊杂文创作的高峰期，最多的时候一个月能在《杂文报》发表三篇文章。我们看着看着就都成了理钊的铁粉，都为临沂这个小地方能出理钊这样一个有思想的杂文家而感到与有荣焉。

其实我那时已开始在《人民文学》《诗刊》发表组诗，

但在老杨和振华眼里不过是旁门左道和雕虫小技。"有本事你也像理钊一样在《杂文报》发篇文章咱看看?"他俩甚至还给我出了个难题:你的名字只要出现在《杂文报》上,哪怕是个小豆腐块,我们也服你,以后新报纸来了让你先看。后来他俩还追加了一个挑衅式的条件:只要文章上了《杂文报》,就由老杨设场请客,消费额只要不超过二百,你说吧去哪里吃,临沂的大饭店随你挑。

在他俩看来,这是一件短期内我根本不可能完成的事情。

为了这个赌约,从不知杂文为何物的我连着熬了几个晚上,写了两篇小文,然后揣着一沓打印稿去找从未谋面的理钊求教。在理钊指导下,我接连在《杂文报》发了两篇文章,在这场对战中折戟沉沙的老杨和振华不得不兑现承诺,但他俩无论如何也弄不明白,一个从没写过杂文的菜鸟咋就一下子上了道?

我至今依然特别感谢老杨和振华,正是他俩的一个赌约让我有幸结识了钊哥,然后我有事没事就领着一群写诗的人往钊哥办公室跑。就是这样的一个开端,拉开了临沂文坛一个奇怪的队形:一个杂文家领着一群青年诗人呼呼啦啦搞论坛、做对话、组织朗诵,我惊异于钊哥的知识储备量,觉得他就是一本人体形状的大百科全书。在他带动下,临沂的创作开始红红火火起来。"三驾马车""临沂诗群"也就是从那时候开始慢慢走向全国的。

记得红旗路上的炒鸡店、平安路上的羊肉汤馆、老东方红电影院门前的砂锅小吃，还有后来的一味茶坊，都是钊哥带着我们指点江山、激扬文字的场所。每当我们争得面红耳赤的时候，钊哥慢慢悠悠的几句话往往会起到醍醐灌顶的作用。在一群感性的人群中，他不仅仅是一个思想者、引导者，更是一个值得信赖的大哥的形象。一群人中起黏合作用的是他，每次聚会偷偷去买单的也是他。他个子小，语速慢，声调低，做事慢条斯理，脾气也出奇地好。每次当也果刁蛮耍横使性子，我们在一旁都看不下去的时候，他只是嘿嘿笑几声，从不见他气恼或发火，比一只护崽的老母鸡还温和。当然也有例外，有一次我们在金坛酒家吃饭，一个地痞无故挑衅想欺负在座的一个诗人，这时的钊哥突然由一只温和的老母鸡变成了一只鹰，他的声调也高了语速也快了，把理讲得掷地有声，最后那个地痞灰溜溜地走了。我不知道用什么词去概括一群男人之间的友谊更为合适，一见如故的志同道合者，一群失散多年的兄弟？

无数个傍晚，我和钊哥、江非、轩辕轼轲穿过拥挤的红旗路，到人民广场西头去买一包沂蒙山牌的香烟；无数个夜晚，我和钊哥、四姐、老杜、也果、刘瑜坐在一味茶坊各自捧着一杯雀舌，看着玻璃门外的车水马龙和人头攒动发呆；有时候我们看着一枚茶叶在杯中翻滚，偶尔也会感伤和感叹，人生无常啊生活艰难。十年以后我漂到了北京，江非去了遥远的海南。而十九年以后，钊哥突然就变成了一朵白云，飘到了更遥远的天堂。

钊哥，我知道你是个很严肃的人，不太爱开玩笑。但你的离去我一直都觉得很不真实，像是和大家开了一个最大的玩笑。我一直幻想着哪天突然会有一朵白云飘下来变回你的模样。你的微信我一直放在置顶位置，你发给我的最后一条微信一直停留在2019年2月7日。你说："到了。"那是我从北京回家，我约着你在奥林匹克花园一个私人茶馆见面。那天的百度导航突然犯了迷糊，带着你左转右转，好不容易才找到地方。那天我们谈到很晚，主题是如何和临沂大学的邢斌一起启动对"临沂诗群"的研究计划。

钊哥，你走得那么突然，留下了那么多遗憾。那天晚上你谈到的计划我会慢慢替你完成。借你的《晚清七十年》（复印本）还没来得及还，隔着生死，它成了你给予的最好的礼物。

此刻，我凝视着窗外，一朵白云真的一个筋斗从天空翻下来了，慢慢变成了钊哥的模样，他摸出电话拨给了我，我能清楚地听到他的声音，但自己却发不出声。他说，你的手机信号太差了，该换5G了，然后就挂了。我突然惊醒，就收到了曹美丽催后记的一条微信。原来，我趴在办公桌上睡着了。

拯救乳房

半年前的一天清晨，邹颖在系乳罩的时候，无意间发现左乳有一个小小的硬块，遂想起几天前三岁儿子那温柔而要命的一拳，让她疼了好久。

也许这个硬块就是那一拳造成的后果，也可能过几天就好了。忙碌的她根本没怎么在意，就急匆匆开车上班去了。

邹颖是北京一所名牌大学的知名教授，也是全国有名的歌唱家，还曾获过全国权威歌唱大赛的金奖。蒸蒸日上的事业使她长期处于一种紧张的情绪中，因此忽视了对自己身体的呵护。

感觉到异样是两天以后的事了。乳房开始红肿，浑身酸疼，发烧，伴有咳嗽。但她又轻易不敢咳，因为每次一咳嗽，都要先蹲下来，全身绷紧，否则胸部就会疼痛，浑身的骨头就如同散了架一般。

对于邹颖来说，噩梦不过刚刚开始。

疾病一开始就被误诊了。在一家三甲医院，一名貌似经验丰富的老医生轻描淡写地说："急性乳腺炎，打针吧。"

大剂量的抗生素被注入身体以后，未见丝毫效果。乳房反而开始溃疡了，流出油脂一样的稀脓。

为了清理里面的脓液，医生需要在邹颖的乳房上切开一个至少三厘米的口子。由于邹颖对麻药过敏，手术在没打麻药的情况下进行。

手术刚刚开始，邹颖就疼得浑身冒汗。站在一边的护士脸都吓白了，扭头就跑。给她做引流手术的女医生倒是出奇地冷静，说："你想哭就大声哭出来吧，也许能好受些。"

那一刻，邹颖的眼泪终于忍不住了，因为疼痛，也因为恐惧。

对于邹颖来说，接下来的一个月，差不多每天都好像从刀刃上行走。每换一次药，都要把伤口打开，用刮勺把伤口表面的烂肉刮干净，直到刮出新鲜的血茬。用邹颖的丈夫木子的话来形容就是"等于每天生了一回孩子"。

一个月的罪受下来，邹颖的病情还是没有好转，于是又转院住了十天，就连春节也是在那里度过的。

每天用一个大针管插到乳房里往外抽脓，抽不出来就再换一个地方抽，最多一次要换三个地方抽，然后再把满满一针管生理盐水和抗生素的混合液慢慢推进去。邹颖每次都觉得乳房鼓胀鼓胀的，仿佛那已不再是乳房，而是悬吊在胸前的一个沙袋。

病情一直不见好转，邹颖和她的丈夫开始有些慌了。为了彻底找到病根，他们又跑了北京三家知名医院。

他们找到的都是名医。一次次的检查、热敷、理疗、激光、吃中药、打针、穿刺、局部注射……似乎都没起任何作用。

邹颖的身体已经如同一个战乱的国家，随时有可能发生意外的战事。乳房的溃疡也使得乳头由一个变成了三个，凸起、红肿、破损，像三座孤独的小岛。

这时候，他们两口子开始怀疑是乳腺癌。

检查选择在北京某著名三甲医院进行：先做穿刺活检，然后等待病理切片的诊断结果。一个检验结果，却冰火两重天：如果是恶性肿瘤，只能做乳房切除手术，如果是良性的囊肿，至少可以保住乳房。

看到每个来做活检的女性都是脸色煞白，抖着走进去，木子那一刻也开始惶恐、焦虑，如同热锅上的蚂蚁，团团转。

检查结果好比两扇门，一扇门通往希望；另一扇门通往绝望。

等待结果的过程对于邹颖和木子来说，似乎比一个世纪还漫长。

结果出来了，良性。那一刻，他们就像突然中了一个五百万的彩票。

确诊不是乳腺癌，也算是不幸中的万幸，邹颖和丈夫稍稍松了口气。但到底是什么病呢？没人能说清楚。一次次地去医院，医生烦了，病人也烦了，最后就稀里糊涂地出院了。

所谓久病成医，邹颖的丈夫俨然已经成为乳腺疾病方面的专家。他去书店和图书馆查阅了大量的资料，又通过网络搜索各方名医。

病情在碰到黄汉源老先生之后出现了转机。

黄汉源是协和医院乳腺疾病专家。经过一系列检查后，对邹颖的病，他给出了一个说法——浆细胞性乳腺炎。

这次诊断，让邹颖看到了治愈的曙光。但一个更大的打击随之而来。黄汉源在反复研究了邹颖的病历后认为乳房的病灶太多，又耽误了最佳治疗时机，因此，必须将整个肿块全部切除。这意味着乳房的外形将出现重大的变化。

对于一个要经常登台演出的美声歌唱家来说，割去半个乳房无异于要了她的命。毕竟，从某种意义上说，女人是为美而活着的，何况乳房更因哺育生命而异常神圣。

这个手术，国内只有两个人可以做，一个是我，一个是杜玉堂。你不要找第三个人了。一是他们不能做，二是他们怕做。黄汉源的说法斩钉截铁。但协和医院的床位实在是太紧张了，首先要提供给乳腺癌患者。

一定要想办法保住我老婆的乳房，除了切除术，一定还有更好的治疗办法。木子暗自给自己鼓劲。他自己从没像现在这样重视老婆的乳房，恨不得像保卫自己的国家一样去保卫它。

在黄汉源的建议下，夫妇二人来到了北京一家社区医院，见到了杜玉堂。检查之后，杜玉堂认为邹颖所患的病为肉芽肿性乳腺炎中最常见的肉芽肿性小叶性乳腺炎。

一般医生会将乳晕瘘管、浆细胞性乳腺炎和肉芽肿性乳腺炎等三种临床上最常见的慢性乳腺炎统一认为是"浆乳"。但是杜玉堂认为这种说法不够准确。事实上，浆细胞性乳腺炎和肉芽肿性乳腺炎在病因、病程和手术难度上有着很大的不同。

被确诊的最初，邹颖和她的丈夫对这家社区医院和杜玉堂半信半疑。

几个月的求医经历，让邹颖不再轻易相信谁。人家看病都是从地方普通医院往大医院转，她反而从大医院转到一个社区医院来了，能行吗？

邹颖和丈夫经过一番慎重的考察和激烈的思想斗争之后，最后决定在这家医院让杜玉堂主刀做手术。杜玉堂的态度特别肯定，根本不用乳房切除，就可以去除病灶，他采用的是自己独创的"斩头术"。

何谓"斩头术"？杜玉堂看着满脸狐疑的邹颖和木子，解释说，所谓斩头术是先切除乳头下大导管的原发病灶，再切断乳头中心与周边窦道或瘘管的联系。伤口清洗消毒后，再做乳头内翻整形术，从而保持乳头乳晕的正常形态。因为手术只是针对乳头下方，范围不大，只切除了中心病灶，所以形象地比喻为"斩头术"。

邹颖的手术整整做了四个半小时。而一套成功的乳腺癌切除手术，不过四五十分钟。

由于对麻药过敏，手术前邹颖只做了药量很小的局部麻醉，导致手术开始不久药效就没了，她能清晰地听到刀子、镊子切割和撕裂肉体的声音，并感觉到随之而来的尖锐的疼痛。这四个半小时对她来说，仿佛度过了人生的十年。

为什么需要这么长时间？难道手术难度比乳腺癌的手术还高吗？木子不解。

杜玉堂说，他做的手术叫作病灶清除术加内部整形术和乳头整形术。手术的原则是既要最彻底地切净病变，又要最大限度地保留无辜（正常的皮肤、脂肪、筋膜、腺体）。手术方法包括剜除、电烧等等，与治疗乳腺癌所采用的大刀阔斧地清扫手法完全不同。

打个比方说吧，病灶就像一把撒进土里的大米，我就是那只去啄食的鸡，必须一粒不剩才行，哪怕剩下一粒，它就会生根发芽，卷土重来。杜玉堂说。

手术后一周，邹颖的伤口完全愈合了。出院的那天，她丈夫和她打趣说："老婆，老婆，宛如新乳啊。"

邹颖也犹如一只浴火重生的凤凰，对亲朋好友奔走相告，一连请了好几天的客。

与邹颖相比，公务员李袖的求医历程更为曲折。三十三岁的李袖患浆细胞性乳腺炎两年半了，刚开始在老家一家医院看病，被诊断为一般性的乳腺炎。

在医生的建议下，她做了切开引流手术，结果伤口一直不愈合，医生说是手术不彻底，再次进行了手术，最后还是不愈合。辗转多家医院也没查清楚。最后到省城兰州去看，兰州的医生说是浆细胞性乳腺炎，要想根治，必须把乳房整个切除（乳房单纯切除术），把我当场吓坏了。

李袖至今提起来还心有余悸，要是被切掉一个乳房，从此就成了一个不完整的女人，今后怎么去面对自己的丈夫啊！

事实上，许多乳腺医生都采取的这种简单易行、风险低的"乳房单纯切除术"。

可是在杜玉堂看来，这种轻易拿掉乳房的做法太缺乏人性关怀了。

李袖差不多逃跑一样离开了那家医院。在接下来的两年多漫漫求医路上，她不记得自己辗转了多少家医院、看过了多少医生。因为内心的自卑，她常常暗自垂泪。

折腾了两年，李袖乳房的伤口一直长不上，长期溃烂，流血流脓，有时在家自己清洗换药，哪怕再不方便，她也不让丈夫插手，甚至看到。

病痛把李袖作为一个女人的尊严和生活的勇气，一点儿一点儿蚕食掉了。她甚至觉得只要能保住乳房又能治好病，让她吃多少苦，她也愿意。

从去年5月到今年3月，李袖一直在坚持吃中药。她觉得她吃的那些草药的总量加在一起，恐怕会药死一个白天和黑夜也说不定。

像邹颖和李袖这样的患者，还有很多，如内蒙古的肖兰、南京的阿潇、深圳的苏华等等，她们大都经历了漫长坎坷的求医之路，并且一再被误诊。

在这家社区医院的病历手册上，清晰记录了最新的四十五名浆细胞性乳腺炎和肉芽肿性乳腺炎女性患者的病历资料，她们最大的四十七岁，最小的只有十八岁，平均年龄三十一岁，分布在全国七个省的三十九个城市。如果让她们讲，估计每个人都会讲出一段被病痛折磨到不堪回首的辛酸史。

"疾病是生命的阴面，是一种更麻烦的公民身份。每个降临世间的人都拥有双重公民身份，其中一个属于健康王国，另一个则属于疾病王国。"这是美国学者苏珊·桑塔格在《疾病的隐喻》中的一段精辟论述。

早在四十三年前，四十四岁的桑塔格被诊断患了乳腺癌。在持续数年的治疗中，她接触到了大量的医生和病友，以及大量的有关疾病的文献。这使她深深感到，在疾病带来的痛苦之外，还有一种更为可怕的痛苦，那就是疾病之外具有某种象征意义的社会重压。人们往往对身体某些敏感部位所患的病羞于启齿，仿佛做了一件见不得人的事。

据杜玉堂估算，在我国，十五至四十七（多数在三十六岁以下）的女性之中，平均每五十人之中就有一人患上肉芽肿性乳腺炎。在南方城市中，平均二十人中就有一人患上此病，而且患者大多为机关工作人员、白领、高校教授等知识分子群体。她们平时大多工作压力较大，精神长期处于紧张和焦虑的亚健康状态。患病以后，其中一部分人要么因为是敏感部位讳疾忌医而耽误了治疗，要么在家吃中药保守治疗，长期忍受着病痛折磨。

她们害怕周围的朋友和单位的同事知道，甚至不想让自己的丈夫看到。有些人患上这种病之后，变得既敏感又自闭，有的人甚至因此患上了抑郁症。

杜玉堂讲起他遇到的一件事情。他接收了一个病号，北京某公司三十八岁的白领胡灵，她的孩子三岁且从小不愿吸吮左侧乳汁。两个月前左乳突然出现12厘米×10厘米大硬块，疼痛难忍，在一家看乳腺很有名的医院穿刺十一针，最后还是不能明确诊断，要做乳房单纯（即整个）切除。病人吓得满城跑，先后跑了北京五家三甲医院，只有中日友好医院说是"浆乳"。

如果这是考试的话，就是说只有百分之二十的三甲医院及格！诊断一个"浆乳"咋就这么难？为什么乳腺专业的博士乃至博士后一根筋地只怀疑是乳癌，就不怀疑浆细胞性或肉芽肿性乳腺炎呢？杜玉堂想不通。

杜玉堂说，浆细胞性乳腺炎和肉芽肿性乳腺炎是乳腺专业领域里的一个难题，但绝不是什么罕见病。20世纪70年代初美国就发现了这种病，2008年我国出版的《乳腺肿瘤病理学》中就做了明确的解释。但很多医生不认识这个病，不能在第一时间做出正确的诊治，盲目使用抗生素甚至激素，多次切开引流造成伤口不愈或此起彼伏。

为什么不少顶级的乳腺专家都不认识浆细胞性乳腺炎这个病呢？

最大的可能就是他们太专于乳腺癌了。乳癌是世界级研究课题，国家设有专项基金，乳癌发病率节节上升，专家多专注于手术、放疗、化疗、内分泌药疗、病理、基础研究等等各个领域，各专一门，忙得不亦乐乎，哪有精力管那些小病。凡事都有两面性，专业越精尖，面就越窄，热情全集中于治疗癌症，对不要命的炎症可能就不愿费工夫了。

医生与医生之间缺乏沟通，故步自封致使对这么一种简单疾病的认识十余年来一直停滞不前。

而病人成为最终的受害者。一旦患上这种病，乳房千疮百孔，流脓淌水，苦不堪言。身体上的痛苦，经济上的损失，心灵上的折磨，一步步逼她们走向崩溃。

医生拯救的不仅仅是乳房，而是在拯救女性的尊严，拯救美。许多年以后，当已经成为著名作家的木子回想起妻子那段人间炼狱般的病痛经历时，还依然泪流满面。

林莽先生

这几年，曾无数次产生写一写林莽先生的念头，但每次都担心言不及义，没有动笔。

因为在我心里，与共和国同龄的林莽先生既像老父亲，又像老兄长。

正如诗人张洪波所言："所有认识林莽先生的人都会说他是一个有修养、艺术积累非常丰富、善良忠厚、值得信赖的人。好人林莽，这是曾经与林莽有多年交往的人和刚刚接触林莽的人都认可的。"

而我真正近距离地接触和了解林莽先生，受到先生的言传身教，则是2008年9月我到首都师范大学担任驻校诗人以后的事了。

之前，和林莽先生曾有三次颇有意义的见面。

第一次是2000年夏天，我和临沂老乡孙运臣到北京出差，他说要去拜访一下林莽老师。我赶紧找了一家路边打印店打了一沓子诗稿，想请初次见面的林老师给看看。那时我虽已写诗十年有余，但一直有摸黑走路的感觉，找不到一点儿自信。林老师当场看完我的诗，然后就一首诗的语言生成和一首诗的结构等问题给我讲了半个多小时。

大约是在2000年10月下旬的某一天，我接到诗刊编辑蓝野兄的电话，说是林莽老师转了一组我的稿子给他，他挑了一组拟发在《诗刊》第10期下半月刊"试刊号"上，让我提供地址以便寄样刊。这是我第一次在《诗刊》发诗，为此激动了好一阵子。从那以后，我陆陆续续在《人民文学》《诗刊》《天涯》《作家》等刊物发表了不少作品，还在《诗刊》发过三次头条，却再也找不到当初在《诗刊·下半月"试刊号"》发诗的那种感觉了。这件事林老师可能早已忘记了，因为像我这样曾经向他求教的年轻人显然不在少数。但对于一个写作刚刚入门的年轻人来说，却受益一生。

第二次见面是2003年的某个夏日。我和江非听说林莽老师乘日照至北京的火车在临沂火车站有五分钟的短暂停留，就提前在站台上等着。林老师站在车厢门口，我和江非站在车下，没说上几句话车就开走了。虽然过去这么多年，但林老师当时的话我是记得的，大体意思是嘱咐我俩好好地生活，安静地写诗。

第三次则是2005年。《诗刊·下半月刊》新开栏目《诗歌群落展示》和《诗探索·作品卷》以配发评论的形式重点推出了"临沂诗群"作品，"临沂诗群"诗合集《我们柒》也随之出版，一时引起了诗坛的广泛关注。林莽先生邀请吴思敬、刘福春等老师专门到临沂参加了新书分享会，几位老师对临沂七名年轻诗作者的作品认真进行分析和评点，给了大家极大的鼓励。现在的"三驾马车"和"临沂诗群"作为一个地域写作群体早已走向了全国，那是和林莽老师当初的发现和推举分不开的。

之后，江非和我的第一本诗集先后入选了《21世纪文学之星丛书》，而林莽老师作为丛书的初审和责编曾花费了大量心血帮我们挑选作品。再之后是我俩先后获得华文青年诗人奖并成为驻校诗人。

对我来说，得到了一个梦寐以求的到高校研习诗歌的机会。但去高校待一年也就意味着断了手头的工作，生计立刻就成了最现实的问题。

林老师想出了一个两全其美的好主意：每周让我三天待在诗刊社帮着看看稿子，四天待在首师大跟着吴思敬老师学习。这样不仅生活费用解决了，而且视角也从以前单纯的写作者向编辑者的转换，让我懂得了换个角度去审视自己的生活和创作是多么重要。

现在回想起来，在首师大驻校和跟着林莽老师在诗刊社当兼职编辑的这一年，可以安静地读书、写作、编稿、听讲座、看话剧，和之后在北京十一年的经历比起来，那简直是一生中不可多得的一段美好时光。

在编辑部，林老师大致会安排我干三种活：一是常规性的编辑工作，也就是负责一部分来稿的初审，然后每个月跑印刷厂看一校；二是承担了2008年漓江版年选的初选工作；三是让我负责过一本从1914年到2009年的《中国新诗典》初选工作。

这三种活就像三种练习题，让我尽可能多地接触到了诗歌的原生态写作和了解了大江南北诗歌作物的长势和收成；虽然辛辛苦苦编的诗选没能出版，却给我补了最重要的一课——让我从历史的角度冷静地审视了中国新诗的启蒙和历史沿革，廓清了我对新诗的很多认识。

对于林莽老师默默为中国诗歌做过的很多事情我是知道的。像当年"白洋淀诗歌群落"的寻访和研讨，诗人食指的重新发现和确认，"盘峰诗会"的发起和组织，"春天送你一首诗"品牌的创建和在全国的推行，华文青年诗人奖、诗探索·中国新诗发现奖、诗探索·红高粱奖和诗探索·春泥诗歌奖的组织评选，首师大驻校诗人制度的确立，还有对新世纪以来一大批青年诗人的持续发现与培养等等。

现在回想起来，我在林老师身边待的那一年，他曾经做过的好多事却从未听他提起过。坚持为诗歌做事似乎已成为他生活中一种美好的习惯，他自己不以为然。这种埋头干事的习惯一直延伸到他生活的每个细节之中。好多稿子上班时间看不完，他就利用双休日拿回家看。记得2009年国庆节期间，他看了两百多份稿件，从中挑选出三十多份，哪首能用他都用笔勾出来了，个别地方还做了润色。

为人敦厚、处事低调、宽厚待人的长者风范是林老师给青年诗人最直接的印象。他不仅是一位热爱诗歌的人，还是善待一切诗人的人。编辑部不时会有一些爱诗者和写诗者造访，从十几岁的在校学生，到七十多岁的老翁，林老师不知接待过多少人。记得有一次已到吃午饭的时间了，编辑部突然来了一个四十岁左右的中年男子，说有诗让大家看。我们说好啊，请拿出来吧。他却说诗歌装在他脑子里，需要现场默写出来。说句实话，我们有点儿哭笑不得。但林莽老师却耐心地给他找了纸让他写。林老师让我们先去饭堂吃饭，他自己在那儿等着。等我们吃完饭回去，那男子还没写完呢。

我不知道先生为何取笔名为"林莽"？也不知先生的笔名何时开始启用的？是不是和白洋淀无边无沿的芦苇荡有关呢？对于这些问题我不好妄加揣测。

我曾查过词典，其中对"林莽"的解释有两种：①草木丛聚之处。如汉朝扬雄在《长杨赋》中有句曰："罗千乘于林莽，列万骑于山隅。"②泛指乡野。如明朝屠隆在《彩毫记·仙翁指教》中言："少年流落在荆湘，西望伤心陇树长，一编十载栖林莽。"这两种解释似乎构成了对一位诗人必不可少的隐喻，前一种可以理解为诗人需要一个"罗千乘于林莽"的宽阔胸怀，后一种是不是说诗人更要有"一编十载栖林莽"的浪漫情怀呢？

和先生不事张扬的处事风格形成鲜明对比的是，唯有当年插队的白洋淀是他曾多次说起过的。他说起白洋淀那方圆百里的水泊，说起他曾画过无数次的木船，说起那满网的鱼虾和装满铁桶的鸭蛋，说起漫漫寒夜里和他聊天的那位奇异老者挂在腰里的酒葫芦，倒进喉咙又苦又辣的瓜干烧，就像咽进去一团火……

也许林莽老师早已把白洋淀视为"生活的别处"和心灵的另一个故乡。从《深秋》《瞬间》到最新的诗集《我登上的山顶已不再是同一座山顶》，他的诗歌一直被那一片水草丰茂的水泊滋养着，那是他情感的源头。

我手头有林莽老师不同时期的五本诗集和一本诗画集。从中可以看出，这些年无论他吟咏的主题和关注的事物如何变化，他诗歌的背景却没有变，白洋淀有多么开阔，他的心胸和诗的境界就有多么开阔。因此他的诗歌也是水性的，如音乐般流淌的句子中不仅隐藏着一股令人怦然心动的清澈，更有一种"落霞与孤鹜齐飞，秋水共长天一色"的雄浑和苍茫。他的每一首诗仿佛都是一面小镜子，折射出的是白洋淀的浪花和心灵的微光。

林莽老师的诗歌就像他的人一样，作为一位略有唯美倾向的精神漫游者，他是淳厚的、安静的、内敛的，没有丝毫的故弄玄虚。

但你千万不要误以为他不先锋不前卫。那请你先读一读他写于1974年的那首《二十六个音节的回响》吧。四十六年前的一首旧作，其精神思考的深度和锐度，较之现在的现代派诗歌毫不逊色。

在林莽老师心中始终有更重要更可贵的东西，那就是：真诚、纯粹、沉稳、清澈、大气。

说到底，写诗和做人其实是合为一体，密不可分的。

这也是我从先生那里学到的最重要的东西。

摇摇晃晃的人生

1

从卧室床前到客厅沙发十一步，从客厅沙发到卧室床前十一步。

但马俊欣硬是走成了二十三步。因为他走不了直线，他的身体一点儿平衡感也没有。他的左手和左腿都是瘫痪的，随时都有摔倒的危险。他只有时刻用右手扶着墙壁走到门口，再折回来扶着南边沙发的靠背，才能一步一步挪到北边的沙发上去。

这是一条固定好的路线，屋里的书架、沙发、凳子都是根据马俊欣的需要被精心安排在它们应有的位置上。靠东墙的一组沙发和靠南的一组沙发之间留有可供他走过去的空隙。虽然从靠南的一组沙发走到对面的沙发只有两米五的距离，却让马俊欣走得那么曲折，每一步都惊心动魄。他必须用倾斜的身体带动僵硬的左腿一点儿一点儿向前挪动，尽管步幅很小，但他依然格外小心。因为每一步都有可能使他摔倒，而每次摔倒都有可能使他再也站不起来。

尽管走得小心谨慎，依然避免不了要摔倒。他从卧室走到沙发可以用灵活的右手扶着墙和沙发靠背，但如果从客厅走回卧室就不行了，他的左手是僵硬的，抓不住任何东西，摔倒的概率很高。

每个房间的灯都是声控的，他必须保证自己的眼睛时刻都能看见，如果处于黑暗之中，马俊欣就会寸步难行。因为他的病很怪，整个左半边身子是瘫痪和僵硬的，但有知觉，一掐还知道疼；而右半边身子虽灵活却没有任何知觉，比如用右手去抓什么东西，他是感觉不到的，只有眼睛看见了才行，皮肤被火烧伤或被水烫伤他也会浑然不觉。

摔倒过多少次马俊欣已经记不得了，有时候是摔倒在客厅里，有时候是摔倒在厕所里。他的左肘摔骨折过，右脚扭伤过，肿得一周都穿不进鞋子，止痛片吃了仨月。

一旦摔倒，十岁的儿子马弘光根本无力搬动和扶起他这极为不灵便的一百来斤。小马只有跑到外面喊个大人进来帮忙。但如果碰巧儿子上学不在家那就惨了。有一次，马俊欣在厕所摔倒了，挣扎了几十分钟也没爬起来，没办法，只有从厕所爬到客厅的沙发旁，手把着沙发努力试了几次也没坐起来。最后只能在地上躺了两个多小时，儿子从学校回来后心疼坏了，又要跑出去叫人帮忙，马俊欣叫住了他，说："儿子，老爸不能每次摔倒都等着别人扶，总有你不在家的时候啊，我自己已经试了好几次了，就差一点点劲，咱再试试。"马俊欣再次用右手抓住沙发，儿子帮他托着屁股，然后把一个小板凳塞到好不容易挪起的半个屁股底下，父子合力，终于坐了起来。这时候，老马满头是汗，小马满眼是泪。

对于马俊欣来说，这些还不是最痛苦的，最痛苦的莫过于睡觉。他无法侧身睡，无法翻身，平躺也不能超过俩小时，多数时间只能坐着打个盹。他的颈部是用钢板和钢丝捆扎固定的。每转动一下脖子，就会有声响，扭头、转腰，都需要同时转动身子和脖子，稍有不慎，就痛入骨髓。

2

马俊欣原本不是这样的，他以前是一个充满活力的健康小伙。但命运却在1987年和他开了个玩笑，这个玩笑开得很残酷。

马俊欣常常想起轮椅上的桑兰，两人有相似性，都是一个体育动作的偶然失误，彻头彻尾地改变了本该辉煌灿烂的人生。

1983年，十八岁的马俊欣以五百一十八分的成绩成为当年河南省郏县的"文科状元"，被山东大学法律系录取。本该有个好前程的他在临近毕业的一次体育课上，不慎从双杠上跌落，头颅着地，脊椎、颈椎同时受到重创，被送到山东省人民医院时已生命垂危。连夜赶来的老母亲一下子晕了过去。

八万元的高额手术费对于一个毫无积蓄的河南农村家庭

而言，无异于一个天文数字。三十多年过去了，马俊欣说起当年山东大学全校师生为他捐款救命的事依然热泪盈眶。

马俊欣是不幸的，但他在不幸者当中又是最幸运的。在山东省人民医院有记录的第二十三例同类病症患者中，马俊欣的手术是最成功的。在他之前，有二十名患者直接死在了手术台上，另两名患者虽然保住了性命，却都是高位截瘫。

手术中，医生在他脖颈后植入了两块钢板和十八根钢针，这也造成他日后转动脖子时只能依靠腰的力量来完成，在转动时还伴随着刻骨铭心的痛。平常人极易完成的翻身、伸腰动作，对马俊欣而言，难如登天。

手术留下了严重的后遗症，由于颈部寰枢椎的脱位，压迫到神经，造成四肢神经不同步。更为严重的是，他右侧肢体感觉神经迟钝，左侧肢体肌肉无力，整个身体根本不听大脑的指挥。走路重心不稳，很容易摔倒。

但马俊欣却乐观得很，笑着说："上帝是仁慈的，他毕竟给我留了一个健康的大脑。"

手术台上的八小时是他这辈子最恐惧、最无助、最难忘的经历。手术前他要求医生对他进行局部麻醉，他在意识十分清醒的情况下经历了手术的整个过程。

颅骨被切开的那一瞬间，他虽没知觉却能感受周遭的紧张氛围，甚至还能听到各种手术器械发出的声响。那一刻，他一直在想，手术成功就创造了奇迹，那么以后的日子自己也要活出个奇迹来。

3

1987年年底，马俊欣面临工作分配问题，像他这种身体状况，被分到外地是不现实的，如果没有人照料，生活自理都成问题，更别说工作了。

马俊欣说他一辈子感恩郏县检察院，在他的分配通知反复被退回多次的时候，郏县检察院向他敞开了怀抱。他说这份信任值得他用一生的努力去回报。

同事们任何时间看到马俊欣，他脸上都带着笑，那种笑是从内到外的，他的幸福感源自于他对生活的无限热爱，虽然行动不便，一点儿也不影响他爱干净爱收拾。他还爱琢磨、爱钻研，总有新鲜点子，他找人在自己卧室和儿子卧室之间扯了绳子，安了铃铛，有什么需要儿子帮忙的，他就拽几次绳子，铃铛随即在另一个屋子里响起来。

马俊欣在大学就热爱文艺，写了不少诗歌和散文。到检察院工作以后，他的长处逐渐显现出来，很快就成为院里的"才子"，担任了研究室主任。

他还是一份内部刊物的责任编辑，稿件的采访、编排、校对，几乎全由他一个人负责。2009年创刊时，为了赶在国庆节前出版，他连续几天都吃住在办公室，身体发烧，不停地咳嗽。有天凌晨3点，他独自一人校对完最后一遍文稿，去卫生间时，突然眼前一黑，脚下一滑，重重地摔倒在卫生间的地板上，被人发现时已经是第二天早上了。

由于身体的原因，马俊欣平时轻易不敢喝水，水一喝多了去洗手间的次数就会增多，大小解都要找人帮忙。自尊心极强的老马怕给同事添麻烦，在单位基本不敢喝水，有时同事给倒上了或实在渴极了，就喝两口润润嘴唇和嗓子。

马俊欣有一个几十年如一日的作息表：早上八点以前到单位，下午六点工作完后再回家，每天在单位一坐就是十个多小时。累了就靠在椅子上伸伸腰，中午困了，就头靠着墙打个盹。长年累月下来，在他椅背后方的墙面上留下了一块明显的印痕。

也有人曾问过马俊欣，你这么坚持到底图的是什么？他的回答简单而干脆："我的身体是不好，但我不是个废人！"

县残联听说马俊欣的事迹后，有一天主动到院里给他办残疾证，想给他解决一些实际问题。马俊欣很生气，坚决不办。他说："我头脑清醒，能思考，能干好工作，健康人能做的我都能做，我哪里残废了？"

4

这是一个清贫、简陋的二人之家，是马俊欣和儿子马弘光相依为命的窝。

房子是20世纪90年代的旧楼房，两室一厅，不足六十平方米。客厅两面墙上贴满了小马获得的各种奖状和临摹的书法，靠南墙放着一排简易书架，排满了爷俩的学习用书。厨房门上用红纸写了个"福"字，小马说那是他爸去年过春节时写的。两间卧室的门都敞开着，老马的床上堆满小马刚洗过晒干的衣服。小马的房间里晾晒着两盖帘煮熟的芸豆皮。鞋子这里一只，那里一只，胡乱扔着，一看就是长期缺少女主人的状态。

穷人的孩子早当家。马弘光从七岁起，就自己洗衣服、做饭。他告诉我们早晨熬的大米粥，炒的辣椒土豆丝。厨房的灶台上放着早晨吃剩的土豆丝，切得又粗又不均匀。小马和我说着话就开始系围裙，他要把早晨的锅碗瓢盆都洗刷出来。十岁的小男孩马弘光，那瘦小的身上系着一个宽大的围裙，踮着脚把洗好的几只碗放到搁板上……这场景让人看得心酸酸的。

这家的女主人呢？随行的一位老马的同事叹了口气说："马俊欣觉得自己身体不好对妻子是拖累，以夫妻感情不和为由和妻子离了婚。"

那时儿子小马还不到三岁，想想吧，一个身有严重残疾的人，把一个咿呀学语的孩子拉扯大，那是何等艰辛。

所以，老马和小马之间的父子情不是一般人能比的。小马最放心不下的就是周末补课将爸爸一个人留在家里。小马说自己就是爸爸一生的拐棍，长大了要替爸爸支撑起这个世界。

父子俩平时最快乐的事情就是一起练毛笔字，一起玩魔方，一起下象棋。在同龄人中，小马玩魔方的速度是最快的，一直无人能敌。而老马也曾获过单位组织的象棋比赛第二名。

父子俩的保留娱乐项目是打篮球。客厅靠近门口的地方支着一个篮球架。那是小马过三岁生日时老马送的礼物。篮球是小玩具球，篮球架是幼儿园里的那种。而今小马已经十岁了，像这个年龄的孩子，兴趣点早已改变，热衷玩电脑游戏了。但小马依然坚持每天和爸爸玩半个小时的室内投篮，他让老马站在北边，每次把球捡起来，先稳稳地抛到老马怀里，让老马扔过来再投篮。这其实是小马帮助老马锻炼的一种方式。

在这狭小局促的空间里，这是我们看到的人世间最温暖的父子篮球赛。

5

从二楼家门口到楼下有三十三级台阶。

每天早上7点，小马搀扶着老马准时下楼，一阶一阶，走下去差不多要十分钟。因为提前打过电话，出租车师傅早就把出租车停在了他家楼下。

小马先在学校门口下车，马俊欣则到单位上班，中午各吃各的饭，晚上父子俩就约在检察院门卫室集合，有时候马俊欣加班，儿子就坐在门卫室等着他一起下班回家。

从楼下到二楼家门口依然是三十三级台阶。

小马搀扶着老马上楼，走上去的难度更大一些，差不多要十五分钟。

日复一日，年复一年，马俊欣就是这样一步一挪、摇摇晃晃地上上下下。三十三级台阶，记录下的恰恰是父子最快乐的时光。

第三辑【手记】 从公民到草民

赵作海喜欢称自己为草民，在他嘴里说出这个词你不会觉得突兀，因为这个称呼和他的形象是那么合拍。在中国，不仅他这样称呼自己，许多老百姓都喜欢这样自称。类似的称呼还有"子民""小民""蚁民""贱民"等等。这里面既有自谦也有自贱的成分，像草一样轻，像草一样卑微，像草一样不起眼。旧社会老百姓日子过不下去了要卖儿卖女或自卖自身的时候，就在头上随便插根草。在普通老百姓看来，人这辈子没啥大不了的。老百姓把自己称为"贱"，称为"草"，连灵魂也常常被忽略掉了，在我看来，这恰恰是最悲哀的事情。

从公民到草民

这些天，我一直被一个眼神折磨着。

这是一种胆怯的、顺从的、迷惘的、无助的、绝望的眼神，一种时不时会透出一丝农民式的狡黠的眼神。

这个眼神是赵作海的。

一个五十八岁的老人，含冤十一载后突然大悲转大喜——无罪释放。双脚迈出监狱大门的一刹那，他突然对着站满大大小小官员的人群一躬到底，连说："谢谢！谢谢！"

谢谢？谢谁？谢什么？是感谢当初让他无缘无故蹲了十一年大狱的人，还是感谢现在把他放出来的人？谁又能不亏心地经得起他这一拜呢？

我觉得赵作海执意非要感谢某个人的话，这个世界上值得他感谢的倒真有两个人：一个是十三年前砍了他一刀，十三年后又突然回村的赵振赏；还有一个就是替他抚养两个儿子十年之久的所谓的"相好"金穗。

没有赵振赏回村，他只能把牢底坐穿；没有金穗的悉心照料，他的两个儿子不知会落到啥地步。金穗在此案中是除赵作海之外的第二受害者。就是这样一个十一年前被公安部门认定和赵作海"相好"，罚过跪、挨过打的女人，十一年后又被媒体穷追猛打，连最起码的隐私都没有了，哪还有什么女人的尊严可言？据说，她的一对儿女都已经到了婚嫁年龄，却因为那里特别看重名声问题而无人提亲。退一步讲，即便赵作海和金穗真是情人关系，我们也无权这样对待一个女人。

十一年的牢狱之苦使赵作海保持着几个习惯性动作：见了领导就鞠躬，见了公家人就手贴裤缝立正，见了本村人就发烟，发完烟就掏出"无罪释放证"让人看，提起当年挨打的情形就会神经质地号啕大哭……

在出狱后的半个月，他似乎变成了一个道具，一个被拽来拽去的提线木偶，先是"被旅游"，后又"被逼签字"，因赔付款的多少被家人亲戚指责，整天被各路记者穷追猛打，被当地约束着不要这样或那样。赵作海已经被培养成一个出色的"演员"，已经学会如何小心翼翼地应对云集的媒体，知道如何说一些符合新闻报道要求的话。他的眼神扫过面前的一排摄像机，熟练地在每个镜头前停留三到五秒，再移开，再停留，重复说着感激的话，掉着眼泪……

这还是十一年前赵楼村门牌号为0019的公民赵作海吗？还是那个当过工程兵、立过三次功、血气方刚的年轻退伍兵赵作海吗？还是那个到处打工，日子过得很红火，但脾气有些暴躁的中年汉子赵作海吗？

不是了，现在的赵作海腰也弯了，背也驼了，眼神浑浊了，一脸老年斑。

从任何采访赵作海的电视镜头上，似乎都看不出他重获自由的快乐。是他经过了这漫长的十一个年头的牢狱之苦已经麻木了，还是肉体的刑罚和时光的打磨让他获得了心灵的安静？那又是怎样一个心灵演变的过程？

十一年的监狱生活使赵作海很难再轻易相信任何人和事。但当他手里握着存有六十五万元赔偿款的银行卡时，他说："这回我信了，最后还要靠政府给我做主。"至于给他做啥主，如何做主他不明白。对于追责的问题他不太关心，他说："咋处理咱一个草民又说了不算，不操那个心。"而对于赔偿款的数目，他的态度是"多少是多啊？"拿到手里才是钱，不给咱一分也捞不着。他最担心的就是"上头"曾答应给他盖三间地面的二层小楼，怕说话不算话，以后又不给盖了。他小心地看着我的眼睛，和我商议："你也是上头的人，能不能写个条子我攥着，万一不给盖了，我也好有个说头。"我笑着给他解释："老赵，你说的上头地方大了，我不在你说的那一片。"他显得很失望，头立时低下去了。我心里感觉像被针扎了一下，很书生气地酸楚了三十多秒。

赵作海喜欢称自己为草民，在他嘴里说出这个词你不会觉得突兀，因为这个称呼和他的形象是那么合拍。在中国，不仅他这样称呼自己，许多老百姓都喜欢这样自称。类似的称呼还有"子民""小民""蚁民""贱民"等等。这里面既有自谦也有自贱的成分，像草一样轻，像草一样卑微，像草一样不起眼。旧社会老百姓日子过不下去了要卖儿卖女或自卖自身的时候，就在头上随便插根草。在普通老百姓看来，人这辈子没啥大不了的。老百姓把自己称为"贱"，称为"草"，连灵魂也常常被忽略掉了，在我看来，这恰恰是最悲哀的事情。

出　狱　记

　　十三年前被人杀死的赵振赏突然一瘸一拐地出现在赵楼村大街上，吓得邻居赵婶后退了好几步，差点儿一屁股坐到地上，连连惊呼："大白天的，这是活见鬼了吗？"

　　死人突然还阳的消息成为村里的头号新闻，并迅速传到了六十里以外的柘城县城，传到了三百里外的河南省第一监狱。当年被当作杀人犯抓进大狱的赵作海很快也被放了回来。

　　老天爷可真会开玩笑，如今这杀人的和被杀的都回来了，而且同住在一条街上，两家相距不足四十步。

　　老王集乡赵楼村是中原大地上再平常不过的一个村子。不足四米的村中主街道两侧是密密麻麻的房屋，高低参差不齐，大多是砖墙瓦顶的房子，当然也夹杂着几座稍显阔气的二层楼，但更为显眼的是十几户凋敝破落的房屋和院落。没有人住的房子就像丢了魂的人，旧得特别快。在这些破房子中，最西头快坍塌的那座就是赵作海的老房子。往东走三十多米，就是赵作亮家，身患偏瘫回村的赵振赏现在就住他家。

赵楼村实际人口有一千多人，而占地人口却是依照20世纪80年代分地时的五百七十六口分配的。一些人嫁出去或老死、病死多年的人仍然享有耕地，而大量新生儿和嫁进赵楼村的人却只有户口没有耕地，以至出现了一口人占有八九口人的耕地或八九口人只享有一两口人耕地的现状。

那些看上去很破败的房屋的主人大多举家外出打工去了，现在村里的年轻人越来越少，大部分都出去了，光在北京当建筑工的就有一二百人，这其中就包括赵作海的两个儿子。挣到钱的人家就会回来盖新房，大街上从西到东堆着的十几垛红方砖，就是他们为盖房备下的料。这十几垛红方砖中，有一垛是赵作海的，不同的是那是公家给他备下的。

以前他只是在梦里才能回到他家这座老房子，现在站在这个地方，要使劲掐一下大腿才相信这不是做梦，是真事。赵作海对他家的老房子感情是复杂的，那曾是他在监狱里的念想。进监狱前一家六口人和和睦睦，如今只剩他一人站在这儿，想起来就难受，拆房子那天他哭了。

一周前，赵作海家位于村西头大街南侧快要坍塌的那座老房子被拆除了，取而代之的是一片热火朝天的建筑场面。

听村里人说，这座房子只是先盖好让赵作海暂时住着，以后上级还会给他在村里头盖一座二层小洋楼呢。

"抹得细一点儿，匀乎点儿。"五十八岁的赵作海站在正走砖的正堂屋的屋框子里，指挥着几名建筑工向砖墙上抹水泥，他自己也不时地拿抹子抹几下，紫铜色的脸上露出一丝少有的笑容。

自打一周前上级安排开始给赵作海盖屋，临时住在四里外姐姐赵作兰家的赵作海一天要来看好几趟。为了方便，他还专门买了一辆崭新的二八自行车。

房子是包工包料，八名建筑工来自一百多里外的商丘，是一支专业的建筑队，根本用不着赵作海伸手。但他自己却愿意为盖房干点儿啥，一会儿帮着抬抬架排，一会儿帮着拿拿铲子。

房子的主体已经建好，再有三四天就要封顶拉院墙了。赵作海一刻也闲不住，这屋看看，那屋看看，脑海里却一幕幕地像放小电影：

两周前，他从三百里外的河南省第一监狱回到这个院子的时候，迎接他的还是断壁残垣和一院子的荒草，门锁已经锈住了，用锤敲开的。

时光回到十一年前，这里原本是他省吃俭用盖的新房子，还没来得及搬进去住就蒙冤进了牢狱，老婆改了嫁，孩子送了人，一切都物是人非，一个原本幸福的一家子人就这样散了……

赵作海掰着手指头盘算着，等房屋盖好后，各屋需花多少钱添置哪些家具。旁边就有人打趣说："老赵，你的罪都受过去了，等房子盖好了，赶紧再托人介绍个老伴，以后就光等着享福吧。""不中不中，要是找老伴，也只能找原来那个，人家光跟着咱受罪了，现在有福享了，不能撇下她，不行您去帮着说说？"看着赵作海的态度很坚决，打趣的人不再作声，有点儿知难而退了。

"这些年俺几乎天天晚上做噩梦，生不如死啊，俺一直以为自己是个杀人犯。"赵作亮说他叔回来的这些天经常自言自语地重复这句话，常常说着说着就目光呆滞，仿佛陷入一种梦呓状态。

赵振赏比赵作海早十一天回到赵楼村。他的突然归来把村里人吓得够呛，当他们明白面前的不是鬼，而是活生生的人的时候，都惊讶地迅速围上来想问个究竟。

赵振赏之所以在外头东躲西藏了十三年，始终不敢回村，是因为他一直以为自己当年那一刀砍死了赵作海。如今他突然患上偏瘫的毛病，左手和左腿都不太灵便了，他生怕自己会死在外面，就再也顾不上别的，赶紧回来了。

赵振赏现在每天都要去村卫生室打吊针，他希望自己能快快好起来，然后能进敬老院安度余生。

我见到赵振赏时，他刚挂完吊瓶从卫生室走出来。他右手拿着一截树枝当拐棍，一点儿一点儿艰难地向前移动着身子。从村卫生室到他暂且栖身的侄子赵作亮家，不足二百米的距离，他足足走了有十分钟。

走到赵作亮家门口，他抖抖索索地从衣兜里掏出一把钥匙打开门锁，引我到院子里他栖身的小东屋。屋子里又脏又乱，到处扔着药盒子、药瓶子和化验单，他吃的药有槐角丸、醒脑再造丸、心脑清胶囊、肠立玉胶囊等等。他的话含混不清，而且坐着说不了几句就会累得出汗，只好斜躺在床上。

赵振赏原本弟兄三个，两个哥哥都去世了，撇下八个侄子，除了在家务农的赵作亮，其他七个都外出打工去了，十三年不见，他估摸这些侄子就是回来也认不得了，赵振赏叹口气："以前的房子早塌了，又落下了一身病，打吊针的钱也已经快付不起了，这以后的日子咋活呀？"

至出狱时，赵作海已经坐满十一年，剩下的刑期还有十七年三个月。因为被判处死缓，赵作海在看守所里待的四年，不能像判处有期徒刑一样折抵。2003年进监狱，两年后减至无期，再两年半减至有期徒刑二十年。如果不再减刑，出狱时将是七十五岁。即使表现好再减刑，也要七十岁左右才能出来。

天白一回黑一回，赵作海就划一道杠杠，知道日子又挨过去一天，白天盼着太阳落山，夜里盼着快快天明，监狱里的狱友问他还得蹲多少年，他一说，大伙都吓唬他："哎呀！老赵，等你出去也日薄西山了！"

但赵作海不这么想，他觉得只要好好表现就能减刑，就一定能活着出去，老婆孩子还在外面等着哩，这也是他在监狱里一天天挨下去的劲头和念想。

也正是赵振赏的突然归来，才彻底改变了"杀人犯"赵作海的命运。正如白岩松在电视节目中说得那样，赵作海还真该好好谢谢赵振赏。白岩松的话有点儿半开玩笑，但却让人心酸，引人深思。

赵作海当然做梦也没想到有这一步。5月4日，当六十四岁的姐姐赵作兰坐了三百里的公共汽车，赶往坐落在开封的河南省第一监狱，对赵作海说："你杀的那个人，都回来好几天了，你咋还没出监狱？"

赵作海愣了大半天，放声痛哭。

监狱里的人从不互相诉苦，不诉苦不等于没有苦，他的苦都藏在自己肚子里，比黄连还苦。谁都不信他，只有他自己知道自己没杀人，但别人不信咋办？连他的四个孩也不信，他们也把他当成杀人犯了，他们心里恨他，觉得有个杀人犯的爹给他们丢了人，在乡亲们面前抬不起头，这么多年，只有二孩儿去年去看过他一次，放了八百元钱，一句话没说，爹也没叫一声，这事始终像在他心头戳了一把刀子。他只好认命了。不认命有啥用？一个劳改犯，还说啥？就好好劳动，挣分减刑，争取早点出去。每月六分，够一百二十分，就能减刑，如果这次不是放出来又快减刑了。

被无罪释放以前，赵作海被关在开封第一监十五监居六号。号里共十四个人，赵作海年龄最大，表现也最好，所以受到不少照顾。比如只让他负责打扫打扫卫生，看看厕所，查查狱牌，叠叠衣服等轻快活。他还享受先吃饭的特殊优待，能抢先挑到好吃的。其他人就没有这么幸运了，他们每天要到内部的服装厂干活，按计件算，一个人一天必须挣出二十二元钱。

赵作海无时无刻不在想老婆想孩子，偶尔在梦里会见到他们，每次做梦醒来都觉得梦太短。出监狱之前他压根就不知道老婆已经改嫁。姐姐和妹妹每年都轮流去看他一次，但谁也不告诉他这些事，怕他伤心，他也不敢问，怕打破了自己的念想。

赵作海唯一的嗜好就是抽烟。但每月发的六块钱生活费他都攒着，不舍得买烟，抽烟基本都是别人给的。

对于攒钱他有他的想法，外头的物价不知涨成啥样了，攒点儿钱，以后放出去要有点儿本钱，继续贩点儿青菜，做点儿小买卖，死不了还得想办法活呀。

而赵振赏的十三年却是靠捡破烂为生，去过郸城、鄢陵、蒙城、睢阳、太康等好多地方，都是当天捡当天卖，弄个十块二十块的，勉强填饱肚子。晚上住两块钱一宿的干店，八个人一屋的大通铺，没有被褥。后来也卖过一阵子瓜子、水果，条件稍好一些，就每月花五十块钱租了半间房。问他这些年为啥不回村？"俺杀了人，肯定成了逃犯了，敢回吗？再说光棍一个，没啥惦记，在哪儿不都一样？现在偏瘫了，只好硬着头皮回来了，随他怎样，总不能死在外头。"

对于自己当初为啥会有拿刀砍赵作海的疯狂举动？为那一刀逃亡十三年值吗？一回答此类问题，赵振赏就变得理直气壮："他千不该万不该太贪财太欺负人，他不该昧下俺脱瓦坯挣的一千八百块钱。你想想，那是在20世纪80年代，刚分到承包地不久，钱多硬啊，一千八百块不是个小数目，俺是准备娶老婆的，俺这个念想就断在赵作海这龟孙手里。还有俺俩本来屋前屋后住，他说俺家的树遮了他的阴，把树枝给砍了，树根也刨断了，太欺负人了。不过现在想想当初为争一口气就动刀子，确实不应该，如果搁现在，绝对不会了。"

当乡亲们问到1997年10月30日那天半夜，他为何冲到寡妇金穗家中砍赵作海脑袋一刀？真正动刀子的原因是否因为那个女人？赵振赏马上缄口，他说这个说不了，十几年前的事该忘的都忘了，不想再提了。

至于赵振赏当初为什么砍这一刀？村里人的说法也不一："两个人当年都不是省油的灯，赵作海脾气暴躁，不爱吃亏，赵振赏是个闷葫芦，下手却很狠。"一位正在忙着摞砖的赵大爷说，"不过遭了这么多年的罪两个人都成了天底下最可怜的人，老百姓得认命啊。""都怨金穗这个女人，两个人争相好的才拼命的。"村里一位不愿透露姓名的大妈说。金穗则说："天地良心，我跟他们谁也没好过。"

赵振赏告诉我，这次回村以后，他曾两次在大街上遇到了赵作海，但彼此都没搭腔。以前曾经很亲，现在却成了仇人，赵振赏对此也略有感慨："说起来俺俩以前关系算不错，俺这个村子的人基本都姓赵，论辈分赵作海要喊俺叔，一块出去打工，由赵作海联系活，俺和本村的另外一个人跟着他干，干活的钱都是他负责要，再分给俺们。干的最长的一份活是在延安伏县的一个砖瓦窑，连续三四年的夏天，俺们都去那儿脱瓦坯，俺拼命干活，就是想多攒点儿钱，攒够钱好娶个老婆。平常有个活俺也帮他家干，记得有一天晚上，赵作海的老婆让煤油烧了脸，他急急慌慌地跑来让俺帮忙，俺用架子车拉着他老婆，他在后面跟着，黑咕隆咚地跑了十几里路，去相邻的包公庙乡医院看的。你说，俺们的关系能孬了吗？他蹲大狱这事也不能只怨俺吧？要怨应该怨那些不负责任的破案人，是他们草菅人命。"

其实，祸根从1997年10月30日那天晚上赵振赏消失之时起就种下了。

四个月后，赵振赏的侄子赵作亮报了警，怀疑叔叔被赵作海所害。

两年后，村子的井里挖出一具没有头和四肢的男尸，在DNA结果不能确定的情况下仍被公安机关草率地认定是赵振赏。

第二天，赵作海就被带走了。先是在乡派出所关了两天，后转到县公安局刑警队关了二十多天。

其实，无头尸案的疑点是显而易见的：一是警方确认无头、无四肢尸体为赵作海所杀后，没有追查凶器，也没有确定凶器所能造成的伤痕是否与尸体的伤痕相符；二是当时尸体已经高度腐败，警方先后做了四次DNA鉴定都未确定死者身份，警方把尸体确定为赵振赏，有严重的主观色彩；三是当时警方根据残尸，对死者身高进行了确定，为一米七。但实际上，失踪的赵振赏身高只有一米六五左右。

十一年的牢狱之苦使赵作海保持着几个习惯性动作：见了公家人就手贴裤缝立正，见了领导就鞠躬，见了本村人就发烟……

　　他最大的心愿就是一家子人赶快聚到一起，他被抓时，小儿子才六岁，都记不得当初是啥模样了，一出监狱他就赶紧和嫁到安徽蒙城的闺女通了电话。闺女说要回来看他，他说："等新屋盖好的吧，现在回来没地待。"赵作海说着说着眼睛又突然湿润了，"俺欠老婆和儿女的太多了，俺要用余生给孩子一个稳定的家，给儿子都娶上媳妇，过上安稳的日子。"

　　赵振赏也自由了。胆战心惊地逃亡了十三年，无论白天黑夜都始终感觉有一双眼睛在盯着他，让他灵魂一刻也不得安宁。现在他躺在病床上，内心却感到一种从没有过的轻松。对于未来他已没有奢望，"看看村里能不能让进养老院，领取点儿低保，有钱把病看好，俺一个老光棍，死活一样，再也不想离开赵楼了。"

　　赵作海自由了。他不用再向任何人打报告，就可以到村外的麦地随便转转，把鼻子靠近一簇青麦穗贪婪地嗅嗅。遇到本村乡亲，他会主动拿出最高人民法院发给他的"释放证"让人家看，"你看我是无罪的，我是无罪的"。

　　拿到六十五万元国家赔偿金时，赵作海说："俺信了，俺现在相信这世上还有真实，国家还了俺一个公道，证明了俺的清白。"

　　但他无论如何也不会想到，他的另一场灾难才刚刚开始，而且所有的麻烦都和六十五元万赔偿款有关。

柘城县政府从六十五万元国家赔偿金中预支十二万元为赵作海盖了一座二层小楼和三间瓦房；赵作海为长子赵西良举办婚礼，花掉六万元；为感谢堂叔和妹夫多年对家人的照顾给了他俩三千元和五千元；被赵西良偷偷从其存折中取走了十四万元；和再婚妻子李素兰开旅社损失四万元；陷入传销骗局损失十七万五；剩下的二十多万元一次性全投进一家投资公司，想按2%的月利息赚点儿生活费，最后因投资公司老板突然跑路全部打了水漂。至此，六十五万元国家赔偿已全部败光，赵作海也因此一病不起差点儿丢了命。

没有了钱的赵作海和儿子、亲戚、乡亲相继闹翻，众叛亲离之下，赵楼村再也待不下去了。如今的赵作海在商丘市谋了一份环卫工的差事，靠每月一千二百元工资勉强度日。

有人说赵作海蹲监狱蹲傻了，和社会脱节了；也有人说现在社会上骗子太多了，防不胜防。身无分文的赵作海喝上二两烧刀子酒就反复念叨一句话："六十五万呐，扫几辈子大街能攒这些钱？"

两个农民的身份、命运及其他

1

赵作海的头是秃的，那是因为一个囚犯刚从监狱里放出来，头发还没来得及长出来；赵振赏的头也是秃的，那是他老得秃了顶；两个人的脸膛都是同样黑，黑如土坷垃；而皱纹纵横如沟壑；两个人的眼神都是浑浊的，是散的、无助的；而他们的腰都是弯的，那么多的屈辱和恐惧把他们彻底压垮了。

赵作海最初从监狱里被放出来那些日子，每天都会有成群的记者蜂拥而至。以至于村里小卖部里的瓶装纯净水都被买光了。二十天以后，当我赶到赵楼村的时候，差不多已是最后一拨了。

这种赶末班车的采访，可能是对一名记者最现实的考验。因为所有的料早都被其他媒体挖走了，你如果找不到新的线索，写不出新鲜的东西，无疑就失败了。

基于这种难度，我扛了两箱方便面，在赵楼村一蹲就是三天。赵作海家，赵振赏家，村委会副主任赵庆西家，老乡家，一起吃饭，一同聊天，需要的信息就这样从有一搭无一搭的闲聊中积攒起来了。

没想到稿子发表之后，最大的反响竟来自诗人圈子，诗人潘洗尘在他编的《读诗》杂志转发了这组新闻稿。诗人谷禾说，你写的是一个人对另一个人内心的关照和理解，而不是记者在采新闻。

最为重要的是，我和被采访对象赵作海和赵振赏同时成了好朋友。

2

在我曾经的采访对象中，赵作海算是事后和我联系最密切的一个。

从他正建设中的新房院子里的促膝长谈，到乡村小酒馆里对饮后的号啕大哭，他显然把我当成一个较为理想的听众。

他说："在所有采访过他的人当中，我最不像记者。"我模仿他的河南口音逗他："咋不像？"

他说："忒不专业，三天的光景你也没问过一句揭咱伤疤的话，光顾着和咱拉家常说宽心的话了，没有料，回去稿子咋写？"

我彻底被他逗乐了，握着他的手说："老赵叔，你放心吧，好好过你恢复自由的日子吧。"走出两三步了，我又回头和他半开玩笑半认真地说，"攥紧你的六十五万，赶紧再讨个老婆。"

3

回京一周后，我接到老赵的第一个电话，浓重的河南口音，夹杂着不知从哪里蹦出来的一股杂音，听起来很费劲。但大体意思我是听明白了，他说没啥要紧的事，新换了个手机，打个电话。他念念不忘盖新屋时我送他的两条红旗渠香烟，他说搁农村这是个人情来往呢。

再次接到老赵的电话已经是两个月以后了。这次的通话效果很好，依然是河南口音，但声调上已经略微带着点儿普通话的味了。他说他人在开封，正帮人打官司呢。"有个案子十一号开庭，你能来一趟吗？"

当天晚上，我收到了别人帮赵作海发给我的邮件，里面有整个案情的背景材料和相关证据的复印件，俨然律师般的专业。

第二天，我给老赵拨了个电话。电话通了，传出的竟然是一个女人的声音。我怀疑自己拨错了号，刚要挂掉，对方问："你是哪里？是要找赵作海吗？"我告诉她我是北京的，姓邰。接着就听这女人小声说："北京的，接不接？"

哈哈，老赵竟然也用上女秘书了，有点儿意思。

没过几天，又一轮有关赵作海成为"公民代理人"的新闻就铺天盖地了。

4

我隐隐有种担忧。这短短半年多来，赵作海的身份变化是不是有点儿太快了，有点儿"乱花渐欲迷人眼"的感觉。我常常猜想，老赵自己会不会也有一种做梦的感觉呢？

从赵作海踏出监狱大门的那一刻起，他的身份和角色就开始发生戏剧性变化。先是由一名囚犯恢复到一个"自由公民"，接着是成为"公民代理人""维权网站形象代言人"。和新女朋友之间闹出的"玉米风波"以及和维权人士蔺文财的合作与决裂等等，只要沾上"赵作海"三个字，一地鸡毛也能被炒成新闻。

"赵作海"不仅成为网络搜索热词，还成为某些人利益操作中的一个棋子，试图从他身上挖掘出更大的广告效应和经济价值。各媒体一听"赵作海"三个字就像打了鸡血，他们感兴趣的无非只是一个个新闻点。唯独一条是，可能恰恰忽略了处于新闻风暴眼里的赵作海的内心感受。

5

我一直在想，事情为什么会出现这种反讽的局面呢？

是因为一个草根人物遭受十一年不白之冤之后的觉醒和抗争吗？还是新闻炒作的假象使赵作海以为自己真的成为一个名人了？从而错误地以为自己具备了改变和拯救其他弱者的能

力呢？

某个周末的晚上，我在网上浏览着一条条关于赵作海的新闻，心里突然感到一阵阵地难过：

"赵作海满头白发，佝偻着腰……"

"替人打官司的赵作海出现在法庭上，但支支吾吾说不了两句话，最后沮丧地坐到旁听席上……"

"赵作海不断出现在各大城市的维权现场，他的头发染黑了，一身崭新的西装……"

"烟瘾很大的赵作海也抽上小熊猫和中华了，不断地给人发烟……"

此时的赵作海似乎变成了生活中的一个演员，被别人改造成他或许根本就不喜欢的角色。

6

12月14日的上午，我和赵作海通了一次话。通话的原因是有个新闻活动想请赵作海参加。老赵很高兴，但希望最好连同他女友李素兰一起带上。

接电话的时候，他和女友李素兰正在从郑州回柘城赵楼村的途中。老赵声音中透出抑制不住的喜悦："我元旦就要结婚了，结婚房子都已经收拾好了，还新购了席梦思软床、组合柜、梳妆台等物件，这不抽空带女朋友去郑州旅游了一趟。到时你有空就来喝喜酒啊。"

我替老赵高兴，我说到时只要能抽开身我就去。

我问老赵："替人维权打官司的事还干吗？""不干了，坚决不干了，折腾了这大半年感到累了，六十五万已经花掉一半多了。"老赵感慨，"都不是咱该干的事。"

老赵突然变成了一个话痨："回去就准备去办结婚证，结婚后会踏踏实实地在家种地、卖菜。"

赵作海正在慢慢从新闻的风暴眼里走出来，返回现实的生活中。一个农民的最佳位置或许只有他的赵楼村。网络时代和舆论风口浪尖上堆起的除了热闹之外只有虚妄的泡沫。一切归于平静之后，守着自己的一亩三分地过日子才是最安稳最踏实的。这也是一个越来越趋于法制化的社会应有状态。

7

第二天我又一次拨通了赵作海的手机，接电话的是即将成为老赵媳妇的李素兰。我这次打电话的目的只有一个，那就是想知道赵振赏现在怎么样了。和赵振赏没有其他的联系方式，只有偶尔打赵作海的电话问问。

李素兰说："不怎么样啊，天都这么冷了，一个偏瘫的老光棍没人管没人问的能怎么样呢？"

我心里突然多了一份担忧，我说："麻烦你替我买两箱方便面给他送去吧，你来北京的时候我把钱给你。"

李素兰爽快地答应了。

惦　记

　　赵作海出狱后一直和我保持着电话联系。通过多少次话已经记不得了。只记得每次他那浓重的河南乡音，听起来都一样费劲。所以，后来基本上是他每次拨通我的手机后，只负责和我打个招呼，剩下的话则由他的新媳妇李素兰代为转达。

　　和赵作海一样，李素兰也是个苦命的人。两个苦命的人好像特别容易走到一起。

　　命虽一样苦，但李素兰却比蹲了十一年大牢的老赵有见识，话也说得比老赵有条理，电话里听她的口音，甚至还带那么点儿普通话的味道。每次通话，时不时就会有爽朗的笑声从那头的手机里蹦过来，特别有感染力。我虽没见过她，感觉应该是一个心肠不坏的人，应该不像有些媒体质疑的那样，仅仅是图老赵的钱才跟了他。

　　这二人每次打电话要表达的意思大致相同，无非是替人维权，希望我替当事人"出出头"，帮着呼吁呼吁啥的。

　　每次我都委婉地拒绝。你想啊，他们说的那些扯葫芦秧子的所谓冤情岂是我一个小记者能管得了的事情？嗨，这两人可倒好，人家可不管那一套，从我信箱里持续收到的各种各样的冤案、命案申诉材料来看，肯定是老赵两口子把我的联系方式偷偷给了那些有冤要申的乡亲。

除了和他们一样多了一些无法排解的愤怒、焦虑和无奈之外，我提供不了任何实质性的意见和帮助。唯一能提供的，只是一些理性的劝慰。

我一直在想，当赵作海被媒体炒成"名人"之后，他是不是在某些方面产生了错觉，误以为自己是可以伸张正义的英雄，所以产生了堂吉诃德那样的勇气？他自己或许压根就没想到，他无形中已经成了那所谓"维权部门"的托。有几次想劝劝他，却不知怎么开口，我怕伤着他。

接到赵作海和李素兰俩人的最后一次电话是在7月上旬。电话主要是李素兰在和我讲，但我能很清楚地听到赵作海在旁边的插话。这次俩人并没让我帮着呼吁啥事，而是很兴奋地说他们找到一个发财致富的好机会。我问她啥机会？她说，支援西部大开发呀。我又问，怎么个支援法？她说，就是搞投资呀，一份投资三万五，她和赵作海各投了两份，共十四万，另外还帮赵作海的女儿买了一份。

"一年后的回报要上百万不止呢。"李素兰的声音里透出一种马上就能赚到钱的期待。

我脑子里一下子蹦出了慕容雪村卧底传销那件事。心想，坏了，赵作海和李素兰肯定被传销组织骗了。

我说："传销组织都是骗人的，千万别上当。"老赵插话："晚了，钱已经交了。"李素兰说："不和你多说了，要赶去宁夏的长途客车呢。车站里一批批都是准备去宁夏发财的人，晚了就赶不上车了。"

一个月后赵作海身陷传销的新闻验证了我判断的准确性。再打李素兰的电话，一直关机。她和老赵不辞而别了。她离家出走的直接原因或许是心有歉疚吧，本想让老赵的钱生钱，谁想不仅赔了蛋，连窝也丢了。让她怎么面对家里本就对她有成见的那些人？

9月3日，我好不容易拨通赵作海的手机，却是她女儿接的。她告诉我，赵作海也出远门了。我问，去哪了？是不是去寻李素兰去了？她说一切都不清楚。

李素兰丢了，赵作海也丢了。茫茫人海里，两个苦命的人，你们到底在哪儿呢？

穷人的光明

我们的中巴车从天山脚下出发，在茫茫戈壁滩上穿行，我们的目的地是八百里之外准噶尔盆地西北边缘的克拉玛依油田。

荒凉的戈壁滩上除了风沙，还是风沙。诗人说："这里很少刮风，一年只刮两次，一次刮半年。"

沿途连一棵树都没有，偶尔遇到几簇骆驼刺都觉得那么亲切。我一刻不停地对着沙漠摁动手中相机的快门。突然，一个个油井架进入我的视野，我知道，油田快要到了。

等我赶到要采访的钻井队时已经是午饭时间了。几个石油工人蹲在外面的沙堆上吃饭，他们黝黑的脸和手中的白馒头形成最鲜明的对比；一位刚吃完饭的老师傅在门口听着收音机喝茶，脸上露出惬意的神情；另一位老师傅正在洗刷沾了油污的工服；一个年轻的小伙子斜倚着门框，操着一口山东话给远方的亲人打电话……

我的朋友老申带着我边转边聊。老申说在这里工作，条件是异常艰苦的。夏天要忍受五十多摄氏度的高温，冬季则要忍受零下三十多摄氏度的严寒，每日的温差都在二十摄氏度左右，"早穿棉袄午穿纱，围着火炉吃西瓜"指的就是这里。

虽说条件艰苦，但石油工人的言谈中却处处显示出他们的豁达与乐观。井队一线工人要上两个月才能休息二十来天，每年要在荒无人烟的戈壁滩上待大半年。他们的活动范围就是井场—食堂—宿舍，生活单调、枯燥、乏味。他们一天差不多要工作十二个小时，真正是汗流浃背，每个工人红色的工衣上都留下了一些永远也洗不去的油污。干完一天的工作后，他们唯一的想法就是赶紧好好睡一觉。

他们中好多都是"油二代"，甚至"油三代"，几代人把青春和梦想都寄托和奉献在了这里。在所有工种中，钻井工和野外作业工是最苦、最脏、最累的。而干这些活的有好多都是合同工。他们像充满活力的袋鼠一般在沙漠里走来走去，机器不能去的地方，全靠石油工人肩扛手挑，他们往往扛着石油管线深一脚浅一脚地在沙漠里一走就是几个小时。每天差不多要扛三千米油管，每年差不多有三百天在戈壁沙漠中重复这样的工作。而他们的收入却与付出成反比。干活最累的多数是农民合同工，他们累死累活一个月也就两千多元，一个油田正式工人一年收入在五万左右，一个科级干部一年收入三十万左右，以此类推，级别越高，报酬越高，还有什么车补，通信费等等。单是他们应得的那一份，就已经是一个普通石油工人连想也不敢想的数字。

可以说，每一滴石油都是石油工人用等量的汗水换来的。每一滴石油最初都像血液一样干净，散发着劳动的清香。

但就是这一滴滴干净的石油，被从深深的地下抽上来，汇聚到管道里，装进油车里，送进炼油厂里，储存在加油站里……一道道的工序下来，不知从何时开始变质了，沾染了那么多的铜臭味，散发出腐败的气息。无数个利欲熏心的石油高管最后就溺身于这小小的石油旋涡里。这可能是一线的石油工人至今也想不明白的事情，他们觉得自己亲手开采的干干净净的石油被那些贪心的家伙给玷污了。

我离开油田的时候，天已经黑了。在幽暗的夜色中，近处闪着光亮的井架，远处三三两两的灯光和遥远的天边的星星，一下子让我感受到那么多的温暖向我涌过来，包围着我。

我突然想起埃克森—美孚石油公司的前身标准石油公司的创始人洛克菲勒的日记，我觉得有必要和石油公司的全体职工一起学习一段：

我们的一切行为，都要对得起为人的良心，更要对得起上帝的恩宠。我所做的都是围绕一个崇高的主题：以低廉的价格给人类带去光明，我认为这是上帝给予我的责任，也是我的责任。我始终不能忘记多年前，当我在油溪观看油井钻油时当那宝贵的石油从地底下咕咚涌出时，我心中突然划过如闪电般的一个念头，这是穷人的光明。自那以后，这念头始终跟随着我，让我念念不忘，我相信这是上帝给我的旨意，让我把上帝的礼物带给人间，带给大众。

白 茶 记

1

在中国四大文学名著中，有许多关于茶的记述，其中又以《红楼梦》为最。据著名红学家周汝昌先生研究考证，《红楼梦》一书中写到茶道的多达二百七十九处，吟咏茶道的诗词诗联有二十三处，所列茶叶名称达十几种，可谓一份大清朝的贡茶录。这在中国文学史其他经典作品中并不多见，因此后人以诗概括：一部《红楼梦》，满纸茶叶香。

在《红楼梦》第四十一回《栊翠庵茶品梅花雪》中有这样一段关于喝茶的细节："只见妙玉亲自捧了一个海棠花式雕漆填金云龙献寿的小茶盘，里面放一个成窑五彩小盖钟，捧与贾母。贾母道：'我不吃六安茶。'妙玉笑说：'知道。这是老君眉。'贾母接了，又问：'是什么水？'妙玉笑回：'是旧年蠲的雨水。'贾母便吃了半盏，笑着递与刘姥姥，说：'你尝尝这个茶。'刘姥姥接来一口吃尽，笑道：'好是好，就只淡些，再熬浓些更好了。'"

这段话点出了两个茶名：六安茶，老君眉。毫无疑义，六安茶是产于安徽省六安霍山地区的绿茶无疑。而老君眉到底指的是哪种茶，一直以来专家之间多有争议。茶学专家庄晚芳在他的《茶史散论》中说《红楼梦》里的老君眉茶指的是湖南洞庭湖的君山银针；而清代举人郭柏苍在《闽产录异》中也有关于老君眉的记录，他认为武夷山脉中段的乌君山也产老君眉；但茶界认同最多的还是福鼎白茶之说，理由有三：一是《建茶志》中有录，"白茶类有白毫银针、老君眉、寿眉、贡眉等名目"。二是据荣宝斋茶文化中心考证，2002年在几经迁徙的正兴德茶店店堂里（当时店址在天津北门外针市街东口转角处），见到当作文物悬挂的30年代价目表。其中有铁山白毫类，品名和价格如下所列："金贡银毫每斤六元四角，金贡寿毫每斤四元八角，老君眉每斤三元二角，君眉每斤二元四角，大寿眉每斤一元六角，寿眉每斤八角。"这里显示的是一组品质高低不同的老君眉茶类的价格。高档的加上"金贡"字样，低档的简称君眉、寿眉。妙玉回答贾母"这是老君眉"的老君眉茶名，明白无误地写在价目表上。三是老寿眉可解酒醒酒、清热润肺、去除油腻、促进消化，跟绿茶相比又温润醇和，更适合老年人饮用。且滋味醇爽，香气鲜纯，不像武夷岩茶一般高香味重，更符合刘姥姥"好是好，就只淡些"的形容。由此看来，"老君眉"应是现在的福鼎白茶，此茶白毫显露，酷似寿仙眉毛，当地人俗称寿眉白茶。

2

　　白茶，有着很悠长的前史。民国之初，卓剑舟《太姥山全志》称："绿雪芽，今呼为白毫，色香俱绝，而尤以鸿雪洞产者为最。"三百七十多年前的清初，周亮工在《闽小记》中清楚地记载："太姥山古有白茶，今呼白毫银针，产者性寒凉，色香具绝，而尤以鸿雪洞为最，功同犀角，为麻疹圣药，运销国外，价同金埒。"四百六十六年前，明代田艺蘅在《煮泉小品》中，把白茶描绘得煞是可爱："芽茶以火作者为次，生晒者为上，亦更近自然，且断烟火气耳。生晒茶沦之瓯中，则旗枪舒畅，清翠鲜明，诚为可爱。"宋徽宗在《大观茶论》中则明确记载："白茶，自为一种，与常茶不同。其条敷阐，其叶莹薄，林崖之间，偶然生出，虽非人力所可致。有者，不过四五家；生者，不过一二株；所造止于二三胯（銙）而已。芽英不多，尤难蒸焙，汤火一失则已变而为常品。须制造精微，运度得宜，则表里昭彻如玉之在璞，它无与伦也。"从《大观茶论》的著述年代可以推算出，白茶至少已有九百多年的历史。

　　茶圣陆羽在《茶经》中也有记载："永嘉（今温州）东（南）三百里有白茶山。"据茶界权威陈椽教授考证："永嘉南三百里指的就是福建省福鼎市，而白茶山就是太姥山。"《茶经》在中唐问世，以此推断，白茶已有一千二百多年的历史。2009年考古工作者在吕氏家族墓发掘出的一千多年以前的极品白茶白毫银针，更是用实物夯实了这一年代论断。

《福建地方志》和茶界泰斗张天福教授《福建白茶的调查》等文献对福鼎白茶所做的研究和著述也认定，白茶始创于福鼎。1957年福建茶树良种普查时，发现太姥山区有野生古茶树群落的存在，而且著名的绿雪芽野生古茶树恰恰生长在传说中太姥娘娘修炼的道场——鸿雪洞附近，福鼎白茶的原料"福鼎大白""福鼎大毫"就是从太姥山中移植出去的。被福建省绿化委列入"古树名木"保护目录的绿雪芽古茶树是真正意义的白茶生产历史见证的"活化石"。

在福鼎当地，关于白茶的传说有很多，其中尤以《宁德茶叶志》中记载的蓝姑一说流传更广。相传尧时期才山下有一农家女子，因避战乱，逃至山中，以种蓝草为业，人称蓝姑。蓝姑心地善良，为人乐善好施，常常接济山下的穷苦人家。有一年才山周围麻疹盛行，乡亲们三五成群上山采草药为孩子治病，但都徒劳无功，病魔夺去了一个又一个幼小的生命。同样无计可施的蓝姑每天跪拜，求神仙保佑。一天夜里，蓝姑梦见了南极仙翁。仙翁说："蓝姑，在你栖身的鸿雪洞顶，有一株树，名叫白茶，它的叶子晒干后用开水冲泡，乃治疗麻疹的良药。"蓝姑一觉醒来，当即趁月色攀上鸿雪洞顶。果然发现了梦中仙翁所说的那株白茶树。蓝姑心想，这一棵小树也采不了多少茶叶啊，山下有那么多穷苦人家患病的孩子等着救治呢。谁知她刚刚摘过的枝上一会儿又迅速长出了新叶。蓝姑突然明白了，这是仙翁赐予的神树。于是她拼命地采茶、晒茶，然后把茶叶送到山下的各个村庄，亲手教乡亲们怎样泡茶给出麻疹的孩子们喝，最终帮助乡亲们战胜了病魔。人们对蓝姑感恩戴德，世代把她奉为神明，称她为太母，这座山也因此名为太母山。到西汉时，汉武帝派遣东方朔到全国各地授封名山，太母山被封为全国三十六名山之首，并正式改名为太姥山。

剥去福鼎白茶神话传说的外衣，已无从考证蓝姑用白茶治疗麻疹的真实性。但近年考古专家对店下马栏山和白琳一带的考古发现，却印证了太姥山一带有大片新石器时期人类活动遗址，这在时间线上似乎和福鼎白茶的神话传说相吻合。被尊为"太姥娘娘"的蓝姑或许就是神话了上古母系氏族时期闽越区域某个部落的首领也说不定。美丽的神话传说其实传递出太姥山先民远古时代就识茶用茶的信息，这样一来，白茶的前史就被上溯到了大约四千年以前。

3

福鼎白茶虽然历史悠久，但真正进入普通大众的视野却是两千年以后的事了。以至现在一提起白茶，很多人还和安吉白茶、宁波白茶、天目山白茶混在一起，殊不知后面三种都是绿茶。

所谓白茶，从制作工艺上是完全区别与绿茶、青茶、黄茶、红茶、黑茶的任意类别之一。绿茶，轻发酵；青茶（即乌龙茶），半发酵；黄茶、红茶、黑茶，全发酵，但发酵深度略有不同。白茶不发酵，自然萎凋，不炒不揉，主要工艺是萎凋、烘焙（或阴干）、拣剔，也就是通常所说的"生晒茶"。白茶因此具有外形芽毫完整自然，如银似雪，毫香清鲜，汤色黄绿清澈，滋味清淡回甘等品质特点。

老舍曾说："有一杯好茶，我便能万物静观皆自得。烟酒虽然也是我的好友，但它们都是男性的——粗莽、热烈、有思想，可也有火气。未若茶之温柔、雅洁，轻轻的刺激，淡淡的相依，是女性的。"我很认同老舍的说法，茶是女性的，用来比喻白茶或许更为贴切。

我嗜茶，且尤爱白茶，每天哪怕忙里偷闲也要喝上几泡。第一泡茶我往往会选择明前新茶绿雪芽银针，随着水雾升起，就像和豆蔻少女初相遇，淡淡的香气如弦上轻音，若有似无，轻呷一口，鲜爽中略带青涩，恍若初恋的味道；第二泡茶我会选择存放一到三年的荒野牡丹，和当年的银针新茶相比，这一款茶汤更丰韵细腻，香气更浓郁绵长，品上一盏，如沐春风，通体酣畅，犹如和一位丰腴的少妇靠近交谈；如果有喝第三泡茶的时间，我会选择一泡七年的陈年寿眉，江湖上对陈年白茶素来有个说法"一年茶，三年药，七年宝"，存放了七年的寿眉在岁月沧桑中，已然留下了时光的痕迹，已经有了徐娘半老的风韵和味道，唇齿间萦绕着一缕淡淡的药香，那是生命的味道，岁月的味道，时光的味道。茶过三味，仿佛已度过了漫长的一生，这或许就是白茶最大的魅力。

也是因为喜欢白茶的缘故，我一有机会就往福鼎跑，从北京到福鼎坐高铁差不多要九个多小时，但我一点儿也不觉得漫长，因为前方有心仪的白茶姑娘等着我。我也因此认识了一大帮当地的茶友，有曾经当过宁德市委副书记的唐颐，有诗人林典铇，有白茶老字号"周鼎兴"的老板周宗建。唐颐是一位致力于福鼎白茶文化宣传与推广的人，只要一说起白茶就滔滔不绝。而林典铇堪称白茶铁粉，由他编剧专门介绍福鼎白茶的微电影《最美的样子》成了了解福鼎白茶的一张名片。至于白茶老字号"周鼎兴"，那更是一个茶叶界的传奇，早在1915年就代表中国拿回了白茶的巴拿马万国博览会金奖。民国时期曾任福鼎县文献委员会主任的卓剑舟曾写过一篇《周翼臣公传略》，对此事有详细记载。

时光飞逝，一百多年过去了，像周鼎兴茶号这样的企业在福鼎早已遍地开花，而福鼎白茶也从过去的贡茶名录走进了寻常百姓家。

有一次又去福鼎，听当地诗人叶瑞红朗诵了她写的一首《绿雪芽记》，我觉得这是从诗意角度对白茶最好的介绍。

绿雪芽记

籍贯太姥山　地址鸿雪洞　邮编一片瓦

养在幽谷人未识　绿衣少女　娉婷玉立

沐雾霭　饮清露　听清风鸣蝉　与白云为伴

春风一夜生萌芽　岁岁旗枪森如玉

忽一日　被纤纤素手摘下

一片叶子　和无数片叶子

在一只背篓里相逢　跟随采茶姑娘回家

一片叶子羽化成茶　与你相遇

必须翻过两座山　蹚过三条河

在箕箩里晒　在炉子上烘　犹如凤凰涅槃

九九八十一难　缺一不可

最后　一杯香茶在你案头　袅袅香气升腾

仿佛山涧氤氲烟岚

啜饮一口　两颊生津　舌底鸣泉

有山谷的味道　有清风的味道　有露水的味道

有烟火的味道　有生活的味道　有沧桑的味道

然后你盯着一枚茶叶　在杯子里浮浮沉沉

仿佛已替你走完　漫长的一生

第四辑【对话】

游子与邮戳

现实是我们就生活在这样一座城市里，在一片钢筋水泥的丛林里，我们躲无可躲，退无可退。城市不应该是黑暗之心，也不应该是世俗的陷阱，在某个晚上，你也许会听到夜空里一两声清冽的鸣叫，那是一只夜莺飞过城市的上空。

在时光的角落里写诗

——邰筐、施战军对话录

施战军：你的诗对时间、速度特别敏感。我想知道你是否思考过相关问题？

邰筐：我看的第一本有关时间的书是普鲁斯特的《追忆似水年华》。这部洋洋洒洒的巨著曾一度让我感到一头雾水。按法语语法把这部书的书名直译成《寻找失去的时间》或许更具哲学意味。"在普鲁斯特那里，桌子上的苹果花不是用来观赏的，而是引起幻想和回忆的非物质因素。"

我觉得普鲁斯特真是作家中一个有智慧的"坏蛋"，他把我们引进了去往"时间迷宫"的途中，自己却躲了起来。我们既找不清道路，又没有开启迷宫之门的钥匙。而普鲁斯特自己却用"回忆"打开了通往异域的时间之门，从而获得了一个广阔的心灵空间。

当然，他的时间和空间是错位的。按尚杰先生的分析，"他试图把'在场'的东西抹去，使'缺失'的东西'在场'。"可以说，普鲁斯特是第一位引发我对"时间"思考的人。后来，我又从柏格森、胡塞尔和德里达那里完成了对"现象学"和诸多后现代问题的思考。

我一直在想，我们的回忆真的就那么靠谱吗？未来又那么不可把握，我们能抓住的只有现在。好的诗歌应该是连接过去和未来的一小截光明的隧道，是架接在现实与梦境之间的一段桥梁。我们能不能带着回忆的气息写一写当下呢？让语言在现实的世界里向着未来做着诗意的运动。我相信，好的语言是有速度的，是鲜活的，有野性的。

施战军：小说对时间的叙述最为犯难，有时候考量一个作家是否懂得叙事，时间性的叙述最有效。由于不必顾忌语法和连接词的运用，诗似乎要轻省得多，其实是不是这样的呢？

邰筐：西西里人讲故事有个口头禅："别管又过了多少时间……"这就是说他要讲别的事了，或者要跳过几个月，甚至几年的时间。"我们节省的时间越多，供我们浪费的时间就越多"，句子的声音要协调，概念要清楚，含义要深邃。小说家写小说，诗人写诗，成功的关键是要找到恰当的表达方式。马尔克斯一个经典的小说开头，几乎影响了全世界写作的人。一些既有才气又有名气的小说家，往往是在关于时间性的叙述中乱了阵脚露出了破绽。那么，诗歌是不是容易一些呢？恰恰相反，有时候是更难。诗歌语言自身的节奏往往把你逼进一个死角，你必须在时间的跨度中找到那种触摸神奇的力量，才能在语言的自身运动中起死回生。

施战军：诗歌也许都是静下来神游的结晶，你的诗里好多"动"的要素，尤其涉及迁徙带来的情感和情绪，从你个人的经验上看，你觉得迁徙和诗的生成是否有着某种联系？

邰筐：您这个问题一下子让我想到了这样一群人：在19世纪巴黎的某个小酒馆参与密谋的波希米亚流浪汉，旧街区的几个拾垃圾者，彻夜在巴黎街头游荡的波德莱尔，每天晚上都要走过大半个伦敦的狄更斯，在芝加哥和屠夫及乡下小伙混在一起的桑德堡……

当流水线的节奏成为整个社会生活的节奏，诗人的心只有在大街和大众之中才能得到应和。波德莱尔、狄更斯和桑德堡正是在人群中思考，在游走中张望，才获得了诗歌所需要的那种冷静而深刻的力量。

作为"70后"一代，我恰好赶上了中国的大变革时期。想想这些年干过的一些职业，状态是迁徙的、动荡的、不安的，就像一片乡村的叶子飘荡在城市上空，这不是生活方式问题，而是宿命，这里头多多少少包含着一代人的共性。

它因此决定了我思考和写作的方式。我的诗往往是这样产生的：床上、厕上、公交车上、地铁上、飞机上，灵光一闪的小念头，突然冒出的好句子，会被我随手记在烟盒上或一张小纸片上。我讨生活的状态注定让我像一名原生态歌手一样保持着一种鲜活度。我的诗歌语言大部分时间始终强调着一种存在，向我们越来越搞不懂的这个世界证明，向时光这位永恒的大法官举证：我们活过了，我们正活着。并且用诗歌的方式提供了那么多活着的证据。可以充分证明我们曾经多么卑微地活着，多么不屈地活着，多么自由和快乐地活着。终于活成了一个人。

施战军：那么，诗对于物理空间挪移和心理空间的深展的把握，你是怎么做的？普遍地看，现代诗歌在这方面有没有特别值得一说的问题？或者说，你认为现在诗歌存在的最大问题是什么？

邰筐：从我的老家"古墩庄"到商城"临沂"再到首都"北京"，随着物理空间的挪移，我的身份也由一个乡下人变成了一个"城里人"，从一个本土人变成了一个异乡人、外省人。这就有些意思了，这种游荡的状态让我既是生活的参与者，又是时代的旁观者。因此我的诗歌或许比别人多了几分冷静和私密性。至少我的语言在从外部世界向内心世界伸展的时候，经过了自然的情感过滤，去除了矫情的部分。

我觉得诗歌目前最大的问题，恰恰是情感缺乏过滤的问题。进入21世纪以来，诗坛是繁荣、庞杂、无序的，并迅速集结成两个"阵营"：越扩越大的"乡土诗根据地"和游击队式的"打工诗群"。乡村意象已经成了被诗人们无穷复制的赝品，矫情、煽情、滥情，小情小调、陈词滥调、隔靴搔痒、无关痛痒，掩上名字如出一人之手。所谓的底层关注被无限的体制化、道德化、程式化。写作者要么高高在上，居高临下，贩卖所谓的悲悯情怀；要么只记下了生活材料，给了你一地语言的散珠子。不仅仅是诗歌，小说也是如此，都陷入一个流水似的平面写作状态。写作者普遍缺乏沉淀和思考，写作难度系数降低，情感浮泛，流于表面化，不深入、不深刻。

施战军：关于细节。你的诗有不少句子是细节性的，比如你写到的流泪、写到的老虎……清冷的诗句中有打动读者的热度，在所谓"意象"为上的观念渐渐式微的时候，你的细节是否具有留住诗歌绵长意味的企图？

邰筐：福楼拜说过，"仁慈的上帝寓于细节之中"，当然他指的是与整个世界的关系。这种细节的真实和世界局部的真实，也许会达到福柯和本雅明都意想不到的另一种"震惊"。你写着写着，也许会突然感到你与你笔下的世界心照不宣，从而露出意味深长的一笑。

卡尔维诺在《美国讲稿》中讲了一个中国故事：国王让庄子画一只螃蟹，庄子回答说，"可以，但我需要五年时间，还要给我配一幢房子和五个仆人"。五年过去了，他还未动笔，他对国王说，"我还需要五年时间"。国王应允。十年过去了，庄子拿起笔一挥而就，画出了一只完美无缺、前所未见的螃蟹。这种中国式的幽默和智慧里恰恰藏着古汉语的玄机和密码，会破译的人肯定会从中找到自己需要的东西。

施战军：在读你的作品的时候，我常常会想到"诗与细节：整合性片段"这样的特色，古人说"一叶知秋"，这不是简单的"以小见大"，而是在具象和抽象之间摆渡的状态，你尽量地让这一切自然而然，其实是有可想而知的难度的，我读了你的几百首诗之后，突然觉得，你的每一首诗都是整个创作道路的片段，这些段落合起来，你想表达怎样的整体诗思和诗观？

邰筐：我的诗多数是对现时生活场景和人类精神困境的一种剖析和记录。但我的诗中流露出的"现实主义"倾向并非对眼睛所见的现实进行一个全然的模拟或如照镜子般的映照，而是力求在目所能及的事物、直接的感觉与存在于事物本身之内的真实这两端之间架设桥梁，以还事物与现象以一个出于心灵的、较恒久的真实。

施战军：诗人的眼神在哪儿？你写到故乡、家、生存等等，晃动的路、槐花之白……常令人觉得你不仅在打量观察，更在凝眸审视，眼神中有冷峻更有宽厚的容纳，这是不是来自故乡的力量？这个故乡——生养自身之地只是最便利的抓手之一，肯定包括更多，你觉得文人故乡的心域，是不是必须打开？

邰筐："诗人的天职就是返乡"，一个优秀的诗人心中其实都应该装着两个故乡：一个是生养他的村庄，一个是他灵魂的远方。那么我们到底该返回哪个故乡？是生养你的村庄，还是坐落在你灵魂远方的精神家园？你很可能把这个精神的家园和想象中的天堂混淆在一起。其实想象一个美好的天堂并不难，凡是在世间受到委屈的人，都会幻想一个美妙的天堂，他的委屈就会得到安抚，但是建立在想象和幻想上的"天堂"，是很容易受到怀疑和质询的。一个诗人的悲哀也许就是他亲手绘制出了那份精神故乡的图纸，却终生找不到那块可供开工建设的地方。

施战军：发狠、怨恨、反对和抗拒，常常被理解为诗的现代意味的体现，以隔膜和梳理的姿态以示卓然独立——我发现你集中书写城市的诗不仅仅局限于此，内心慰安的、微温的情绪如何表达？感恩之心来自何方：生命经验？共通人性？执信？理想？

邰筐：城市生活，在现代诗歌史中，意味着一种"断裂"。波德莱尔笔下的巴黎，桑德堡笔下的芝加哥，城市都犹如一头集灯红酒绿、诱惑于一体的怪兽，吞噬着历史和传统，破坏着理想与浪漫。

现实是我们就生活在这样一座城市里，在一片钢筋水泥的丛林里，我们躲无可躲，退无可退。城市不应该是黑暗之心，也不应该是世俗的陷阱，在某个晚上，你也许会听到夜空里一两声清冽的鸣叫，那是一只夜莺飞过我们城市的上空。

在细节里寻找真相

导语：为纪念《检察日报》创刊二十周年，正义网特别策划了"法治足迹——《检察日报》二十周年系列访谈"。检察日报社《方圆》杂志首席记者邰筐做客正义网直播间，与广大网友分享他与《检察日报》的故事，讲述在细节里寻找真相。

主持人：作为《方圆》杂志的首席记者，大家对您的名字其实都非常熟悉，但是让大家想不到的是，您从一位诗人到一个法治记者的华丽转身才一年多。您目前身处这个行业，对现在中国法治类报道是怎样的一种认识？

邰筐：我觉得现在中国法治类报道存在的最大问题就是日益趣味化、娱乐化和庸俗化。有些法治类报道热衷于暴力事件和桃色新闻的描述，只顾挖料爆料，而忽视时隐私的保护；有些标题煽情、惊悚，情节追求离奇、刺激，纯粹为满足读者猎奇之需要，一味渲染案情，社会深层次问题和法律问题分析不够，观点不明，流于表面，偏离了普及法制精神的轨道。这是最应该值得我们警惕的。

再就是传统媒体严重滞后，舆论导向难以控制。现在是一个新媒体时代，出现一个事情，不等传统的纸媒体做出正面反映，微博的传播和转载就已经铺天盖地。网络的兴起首先是应该肯定的，它对民主和法制进程的推进功不可没。但网络上发布的东西由于缺少鉴别和筛选，真伪难辨，很容易被一些别有用心的人或集团所利用。还有大批网络水军在网上兴风作浪，几万、几十万甚至几百万的跟帖、点击率和关注率很可能只是网络水军运作的结果，很容易引起更多网民的盲从。

主持人：您刚才提到网络目前发展比较迅速，而现在传统法治类报道的跟进或者关注还是跟不上？

邰筐：确实跟不上，这时候想去倡导一种舆论导向，那是扯着头发甩鼻涕，使不上劲的。这是一个很大的问题，是值得国家相关部门去反思和改善的。

这就说到了正义网的作用，作为我们中检报业最快捷的一个信息传播平台，正义网的优势正日益凸显。正义网和国内其他数家大型门户网站的互动，让我们的声音能够第一时间传播出去，这恰恰是新媒体的优势所在。

主持人：今年是《检察日报》二十周年，您作为《检察日报》的新人，您如何理解《检察日报》这二十年形成的报道风格？

邰筐：《检察日报》刚刚二十岁，还是个年轻小伙的年龄，充满朝气和活力。

我从十几年以前就开始看《检察日报》，那时候还叫《中国检察报》。我一直比较喜欢的是《绿海》，其次是那些时评，读来很是过瘾。《检察日报》的办报风格一直是稳健的，每个周刊的设置也各有特色。从国内目前的行业报纸来看，《检察日报》始终走在前沿是无疑的。

一年半以前，我有幸来到这个大家庭，成为检察日报社的一分子。我想我和报社的关系好有一比：如果把《检察日报》比喻成一只话筒，那我就是持续发出的声音。

主持人：还记得您最早在《检察日报》上发表的文章吗？我帮您考证了一下，是2010年2月26日在绿海副刊发表的《反腐"爱"上小说后的热烈与尴尬》。在进入《检察日报》前，您的简历栏中是"驻校诗人"，这篇报道文章能否视作您转型过程中一篇重要的文学创作？

邰筐：这是我来《方圆》杂志后的第一篇稿子，因为之前和文学圈比较熟，第一篇就写了关于官场小说的内容。也说不上重要，巧合而已。

主持人：官场小说的发展态势，尤其是您在我们媒体上发表的第一部作品就是反腐小说，您想传递给大家的是怎样的一种信息？

邰筐：我想通过对这种类型化小说的解读，引发读者对当下更多的思考。这种类型化小说被热捧，最起码反映出了两种心态：

一是官场小说是普通大众了解官场腐败的一个窗口。官场腐败这个问题关注度一直很高，普通百姓没有机会也没有能力知道更多的东西，只是希望通过阅读此类文学作品来了解一些官场的黑幕、潜规则等。

二是官场小说是新人初入官场的学习摹本。此类小说，精品是有的，像阎真的《沧浪之水》、王跃文的《国画》。但随着此类小说的被热捧，官场小说的出版渐渐占了上风，据中国作协副主席、作家出版社社长何建明说："编辑送审的十本长篇中，常常有六七本是官场小说。"不断地复制和模仿，有好多已远远脱离了文学作品的范畴，更倾心于暴露赤裸裸的官场黑幕和行贿细节，以及怎么往上爬的权术。

主持人：像官场小说这个话题以及题材，您在今后的报道当中，还会继续关注吗？或者您觉得它以后发展的方向是怎样的？

邰筐："官场小说"并不是什么新鲜概念，它和清末民初的社会谴责小说相比，不过换换说法而已。

最近我在鲁迅文学院参加第十五届青年作家高研班的学习，有几位批评家在讲课时都讲到了官场小说热，评价都很客观和中肯。

这些年，此类小说中我喜欢的也仅仅是阎真的《沧浪之水》、王跃文的《国画》等少有的几部。

今后我依然会继续关注。我希望能有让我眼前一亮的小说出现，而不是贴上"官场小说"标签的报告文学式的粗糙文字。

主持人：我们再来看看您其后的几篇报道，尽管进入《检察日报》的大家庭不久，但您做的几篇报道在社会上引起了极大的反响，像《雅贿江湖》《上海规则》《盗墓空间》等，为《检察日报》的法治报道注入了新的风格，成为脍炙人口的报道，您是如何定义自己的这种报道风格？

邱筐：我不过是更多地关注了"新闻事件延伸的那一部分"。

我觉得，报纸新闻结束的地方恰恰是杂志文章开始的地方。新媒体时代，微博、推特会把一则新闻的报道时间缩短为新闻事件发生后的几分钟。纸媒体中，报纸还可以与之稍抗衡一下；而杂志的出版周期长则一个月，短则一周，等出来了，所有的新闻早就变成了旧闻，在时间上一点儿优势也没有。

作为一名杂志记者，要具备向细节延伸和深度挖掘的能力，要有揪出隐藏在新闻背后的真相的敏锐度。这不仅需要有职业精神、专业眼光、精准的观察力、优美的文笔，还要有基于文化的积淀与反思，和社会学角度的调查和考究，在深度挖掘中找到那些真相的鳞片。

主持人：我注意到，在《雅贿江湖》《盗墓空间》等报道中，像"雅贿"的起源、盗墓史的追溯，您都做了很深的研究和考证。您的这种考证对于法治报道有怎样的意义？这样的一种考证你又想传达给读者哪些信息？

邱筐：像这种对某一领域现象调查类的稿子，我觉得除了要尽可能地传递更多的信息给读者，还需要以"文化的角度"和"史的眼光"去重新打量，这才能保证报道的广度、厚度和深度，读者从中得到的阅读感受才会更丰富，引发的思考才会更深入。

但一名记者不可能任何领域都熟悉，要对某个领域做专题性的报道，前期的准备是非常重要的。这种准备包括：与采访对象的反复交流沟通、大量相关案例的挑选和分析、细致翔实的社会调查、相关书籍的阅读和历史资料的查阅。像《雅贿江湖》和《盗墓空间》等文章，功夫主要下在了这些方面。而像《涉油腐败样本》这种文章，几乎所有的精力都放在了深入调查上。

主持人：像《涉油腐败样本》那篇报道，您大概做了什么样的调查，能否给我们讲讲新闻背后的一些故事？

邰筐：从我着手调查到写出稿子，大约用了半年的时间，从山东半岛到茫茫戈壁，去了好多地方。为了掌握第一手资料和减少不必要的干扰，我隐藏了记者的身份，而是像一个游客和采风的文艺青年。这个过程有些刺激，但同时也有想象不到的艰苦。动手写之前，集中阅读了《石油战争》等书籍，还看了跟石油有关的一些电影。有了这些准备，写起来就感到得心应手，对问题的认识也更准确了。

主持人：您怎么诠释自己的报道风格？

邰筐：我觉得是新闻和文学的一种结合体吧。换句话说，就是在确保新闻准确性和客观性的同时，增加文学的丰富性和可读性。

这种写作主张和当下文坛正在热炒的"非虚构作品"是一脉相承的，是一种鲜活的有痛点的写作。

主持人：我印象比较深的是《上海规则》中，你开头如此写道："他们的眼光是世界的，思维是多元的，很少有同一集体的声音出现。守法守纪，契约意识和法制观念强使上海人形成了追求合理化、追求平等与规范的观念。这种观念使得今天的上海市成为极具理性的城市。如果遇到什么新情况，上海人的倾向是立即制定管理办法，而市民也基本服从管理。"在您看来，和而不同的上海规则是否是目前中国法治文明中需要的？

邰筐：是的。中国从来就没缺过规则和制度，相反是规则和制度太多了，唯独缺少一种遵守的意识，缺少"求同存异、和而不同"的大规范意识，这不仅是一个城市的特点，更反映出一个城市市民的整体素质。

主持人：像《上海规则》的法治意识，可以理解成是您在一年多来对法律方面比较深的沉淀吗？

邰筐：我做记者时间不长，仅仅一年半。一年半的时间我写了十几期的封面文章。采访过程中，接触了大量腐败案例，太多的阴影和灰暗需要你不断用心灵的阳光去擦拭。

我信箱里经常会收到各种含冤者的材料，好多都是涉及人命的案件，每次收到这种信，我的心情都会受影响，替他们难过，却又无能为力。说句心里话，这对我多少造成了某些伤害，有时候觉得个人的声音太微弱了。

有了上面这种心态，再去采访世博的时候，从中看到"和而不同的上海规则"，确实是非常欣喜的一种心态。

主持人：我最近看了一个数字，关于法治类调查记者的心理状态问题，至少有五分之一的人表示这个行业不能长期待，否则会心态扭曲或者产生其他过激的行为，您是怎么排解的？

邰筐：内心有时候确实很纠结。

做一次深度调查类的采访，光录音就要录十几个小时，大量鲜活的材料在稿子里根本就没有用到，我会从中截取一些变成文学作品。我个人有一个想法，再过些年，把所有的采访录音整理出来，出一本书，到时候，大家看到的可能会是更为真实的一些东西。

主持人：您很少做个案报道，但赵作海案是例外。在《赵作海十一年》，你这么说道："'草民'又有'刁民'和'顺民'之分。对于那些不管有理无理，总是不听话，不肯听从官员摆布的老百姓，常常会被称之为'刁民'。韩非子说：'儒以文乱法，侠以武犯禁。'能文能武的刁民，更是犯了大忌。韩寒在接受《南都周刊》采访回答'你觉得公民是怎么样的？'问题时说，'你们媒体只是在找一些更安全的形容词罢了。这个词汇既容易被人理解又安全，既很激进又很进步。事实上我们国家没有公民，只有草民和屁民'。听来不免让人为之一振，很是过瘾。"抛开了程序、法律、正义等法治报道中常用道具，您在这里是想向大家展示赵作海的哪一面？又想对读者传达怎样一种思考？

邰筐：赵作海是我当记者一年多来做的唯一一个个案。记得做这篇报道的时候，我和摄影记者张昊一块，抱了一箱方便面在赵作海的老家赵楼村待了三天。在赵作海正在翻盖的三间瓦房里，在村外的麦地，在镇上一个小酒馆，和赵作海喝酒、拉家常……和他接触的时候我没把自己当成记者，而是一个人和另外一个人在交流。我关注的，可能更多的是十一年冤狱给赵作海带来的精神创伤和他内心的一些细微变化。

所以，写那一组稿子的时候，与其说是一组新闻的深度采访，还不如说是一个人对另外一个人尽可能的理解和揣测。

稿子写完之后，主编孙丽说，如果能再补写一篇记者手记，把采访中更为鲜活的东西挖一下，也许效果会更好。我就补了一篇《从公民到草民》，从多个观察角度把赵作海十一年冤狱以后对他形成的伤害和变化写了出来。

这篇手记在《方圆》杂志发出后被《检察日报》转载，又迅速被《杂文选刊》等各种报刊转载。漓江版《2010年度杂文选》的编者在一页多的编者前言里用半页来评价了《从公民到草民》，认为是不可多得的杂文精品。另一篇还获了《杂文选刊》的优秀杂文奖。我倒觉得没那么玄乎，似乎有些误打误撞，以前从没写过什么杂文，文章之所以引起反响，我想，更多的是事件本身带来的震撼罢了。

主持人：我注意到在赵作海案这篇报道里，一些法学专家喜欢说的是，"赵作海这个个案在制度上有推进"。而一些其他地方的媒体他们惯用的思维是，怎么从个案看到制度，或者制度到底怎么样。但是您给我们的感觉是，能够把赵作海还原成我们现实生活中的一个活生生的人。您觉得您的这种法治类报道区别于前面我提到的这种法治类报道，实际上是想为大家表达一种什么？

邰筐：我想表达的是公平正义下的个人尊严问题。

一个美好和谐的社会，大家的期望不外乎三个层面：一是期望一个稳定的社会秩序；二是期望过上富裕的生活；三是人人都拥有公平和正义。

拥有公平和正义必须体现出对每一个个体的尊重，真正的理解和爱护他，把他作为一个个体生命来看的时候，你就会知道自己应该关注的重点在哪里。

我们现在做法治类报道的时候，好像有一个误区，都希望把一个个体的人、个体事件和对制度的推进、大的改革联系起来。但是更多的时候，他们只是一个受害者，别的什么都不是。因此我更关注的是他心灵留下的创伤。

主持人：是否能够这样理解，在程序正义和实体正义之间，您更愿意考虑的是后者？

邰筐：可以这么说。

主持人：从您文章的风格上能够感觉到非常浓郁的文学气息。在目前诗人、法治记者之间，您更喜欢哪个身份？诗人、记者之间应该是怎样一种关系？

邰筐：说不上更喜欢哪个，身份犹如标签，不管怎么贴，我还是我。小时候我曾是个爱逃课、爱发愣的孩子，这为我以后写诗埋下了伏笔；再后来我曾是个标准的文学青年，这恰恰是今天作为一个合格的法治记者必要的心灵储备。

诗人和记者之间是有共性的：总能比别人发现更多的细节。不同之处在于：诗人偏感性一些，记者偏理性些；一个诗人的内心或许更柔软更细腻，一名记者的眼光或许更敏锐更冷峻。

这两种身份的融合和碰撞，我期待在我身上产生的是化学反应，而不是物理反应。写诗的时候，我更希望站在一个记者的角度上，这样我的作品就多了几份沉静和冷峻的力量；当我作为一名记者采访的时候，我希望自己能永远保有诗人的激情，用"一颗柔软之心"去关照采访对象，去关照整个世界。我想我写的稿子就留下了心灵温度，这可能就是唯一有别于他人的地方。

主持人：您作为《方圆》杂志的首席记者，也是《检察日报》非常有名气的记者，您对《检察日报》记者和法治类的记者是一种什么样的要求？或者您心中认为的理想状态应该是什么样的？

邰筐：我内心有三个标准：第一个标准是真相；第二个是真相；第三个还是真相。

新闻的生命就在于真相。一个记者永远是以真相为第一位。但揭示真相并不是一件容易的事情，首先要具有一种揭示真相的能力。除了前面说过的职业精神、专业眼光、精确的观察力、优美的文笔，还要有一份敢于担当的勇气。

作为一家新闻媒体，时刻都有来自各方面的干扰；而作为一个记者，尤其从事深度调查类报道的记者，被人记恨是免不了的，甚至还会招致报复。

主持人：前一阵还出现过央视女记者被割鼻的事件。

邸筐：是啊。现在新闻行业也逐渐成为高危职业，我在采访过程中也曾受到恐吓和跟踪。我期待新闻的从业环境会好一些。

主持人：我也是记者中的一员，代表记者请问您，作为一名记者，特别是法治类报道记者，应该注意哪些？

邸筐："留得青山在，不怕没柴烧。"一个记者写出的好稿件很重要，但更重要的是一定要保护好自己。

采访中证据一定要留足，该录音的时候要录音，该做好笔记的做好笔记，这是保护自己的最好武器。因为，做深度报道的时候，要想到随时随地都有可能被送到被告席上。

主持人：《检察日报》即将迎来二十岁生日，作为其中的一员，请您为《检察日报》留下一段你的寄语。

邸筐：写作之于我是另一种言说方式，《检察日报》为我提供了这样一个持续发言的机会，因此，我会像爱惜话筒一样去爱护它。

主持人：非常感谢您的到来！今天的访谈就到此结束。

"瞧，我找到了这个时代的夜莺！"

——邰筐、霍俊明对话录

时　间：2009年6月12日
地　点：首都师范大学中国诗歌研究中心
对话人：邰筐　霍俊明

霍俊明： 首先再次祝贺你成为首都师范大学的第五位驻校诗人。我受中国诗歌研究中心的委托和你做直接的关于诗歌的对话，非常高兴。我一直觉得任何一个诗人都有着生存的乡愁和诗歌的乡愁，甚至这种乡愁的本体意识不能不与出生地甚至生长的故乡有关。我毫不讳言我对山东诗人的偏爱，你，江非、路也、蓝野、尤克利、徐俊国、韩宗宝、王夫刚、马累、孙方杰、孙磊、辰水、老了等等。

我想，一种特殊的山东地缘文化的影响是不可忽略的。记得你曾在1996年9月用七天的时间走完一千一百里沂河全境的壮举，我想这对你诗歌写作的帮助以及对文化地理学意义上的临沂的重新确认都是大有裨益的。那么，山东以及临沂对你的诗歌写作甚至人生而言占据着怎样的位置？

来北京之后，北京是否对你的诗歌写作产生了影响？北京让你对故乡临沂甚至中国的城市化生活有了怎样的重新认识？你来北京之后即定下了一个宏伟的诗歌写作计划，名之为《理想城》。这个题目会让人直接想到另外一个经典的文本《理想国》。凭我的直觉，你的这部"理想城"应该是带有一种深深的介入和清醒的观察之后发自本真的关于诗歌、时代、城市的探询、发现和质疑，甚至会带有强烈的反讽意味和尴尬的立场。我不知道我的这种直觉是正确的还是错误的？谈谈你的"理想城"构思和设想吧！

邰筐：在回答你的问题之前，我先要说说我的老家临沂。临沂俗称沂蒙，因沂河和蒙山而得名。在不同历史时期又曾被称为"东夷""琅琊"和"沂州"。

沂蒙的历史远比齐鲁历史早许多，应该是和人类历史同步的，伏羲、少昊都曾在那里活动。漫长的东夷文化时期，那个地方一直是充满神话色彩，令人无限向往的。

孔子就曾产生"浮海居夷"的想法。《山海经》和《搜神记》里的很多故事就取材于那儿。一个邮票大小的地方竟然养育了郯子、曾子、王羲之、王献之、诸葛亮、刘洪、颜真卿等无数先贤人物。

沂蒙文化最辉煌的时代当属魏晋时期，有些学者称之"辉煌的琅琊时代"。那时候，正赶上道家学说盛行，是中国古代文人唯一的一个自我觉悟时期。当时的琅琊郡活跃着以王氏家族为首的一大批文人。我曾看过三联书店出版的一本研究琅琊文化的书，上面附了很大一张图，是当时琅琊郡的市井图，图上商铺林立，一派繁华景象。由此可见当时的"琅琊"郡经济和文化同样繁荣。

可令人费解的是，从此以后一千七百多年里，临沂几乎再也没集中出现过让人眼前一亮的文人。加之地震和瘟疫，很长一段时期是以贫困而闻名的。但从20世纪80年代到现在二十多年的时间里，临沂商业发展迅速，近百个批发市场把城市和乡村连在了一起。临沂一跃成为"中国第二大商业批发城市"。而随之出现了一大批新的文化人。像在海外有广泛影响的散文大家王鼎钧，像被西方人誉为"东方新古典主义画派"的油画家王沂东，还有21世纪之初崛起的"临沂诗群"。我想这绝非一种偶然。

早在1973年，美国社会学家贝尔出版了《后工业社会的到来》一书。他把人类社会的发展进程区分为前工业社会（即农业社会）、工业社会和后工业社会三大阶段。而中国学者汪丁丁则认为，中国目前正处于工业时代向后工业时代的转折点。正从以产品加工为主的商品社会向以信息和服务为基础的后工业社会迈进。

我个人则认为，现在的中国依然是多种社会形态并存的一个时期。一些偏远的山区至今依然是以农耕为主；而像广东、深圳、福建的某些地方几乎家家是工厂，具有以产品加工为主的典型的工业社会的特征。但也有像"临沂"这样的城市，是南方几个省的产品批发和销售的集散地，依靠灵敏的市场信息和便利的交通取胜，以商品批发、货物流通和售后服务为主。它几乎可以被看作是中国从工业时代向后工业时代过渡的一个缩影，具有一定的典型性。

而当我从临沂来到首都北京之后，高耸入云的摩天大楼、盘桓错接的立交大桥、地铁站、使馆区，不同肤色的人——这一切，突然给我打开了一个更为广阔的世界。

我想通过"临沂城"和"北京城"这两个极具文明象征符号的舞台上演一出真实的生活戏剧。但生活的真相或许永远都是你无法想象的。

以一个外省者的眼光去打量首都，或者回过头去，以一个"异乡人"的身份再回望临沂，这中间拉开的一段距离，可能就是生活和艺术的距离。我希望自己做一个独立的观察者和批判者，深潜入城市文明的内在本质，通过对"乌有之城"的诗意构想，试图为城市生活描绘一幅理想的蓝图，为城市文明的进程寻求一条抵达理想之城的救赎之路。

我寻找的"彼处"或许还是"此处"，"彼城"或许还是"此城"，这是我诗学观念里最重要的一条。

霍俊明：确实，空间加速度的城市景观成为包括你在内的"70后"一代人的最为直接、最为显豁也最为复杂的生存真实。我想提及的是十年前，在山东临沂的时候，你和江非、轩辕轼轲曾经提出"为了共同的诗歌理想，走在不同的诗歌道路上"，我认为这道出了诗歌写作的本质——个性化。而之所以目下的很多评论家对"70后"诗歌往往有难以置喙之感，而其中一个重要的原因就是"70后"诗歌写作空前的难度、复杂性和难以消弭的个性化特征。请你简单总结一下你、江非和轩辕轼轲你们三个人的诗歌的"个性化"道路的特征或差异性。

邰筐：我和江非、轩辕轼轲是1999年夏天正式认识的。到今天正好十年整。我记得仨人第一次的"历史性会面"是在临沂城洗砚池街与沂蒙路交会路口的一家水饺店里。

在这之前，我和轩辕轼轲先是看到了江非自印的一本诗歌小册子，费了不少周折好不容易联系上了他，从此开始了我们十年的诗歌交流。

那时候，江非刚刚从浙江舟山某海军舰队退役回乡，暂时在河东区报当编辑。轩辕轼轲在某批发市场的工商所工作，我则在交警队当秘书。每到周末，要么江非赶到临沂城，要么我和轩辕轼轲骑着辆破摩托穿过沂河大桥去河东。仨人一盘花生米能聊一宿。常常因为一个观点的不同吵吵起来，有几次还差点儿掀了桌子。等到第二次见面，前面的争吵早就忘得一干二净了。仨人第一次见面的时候，都已各自写了十几年，多多少少对自己产生了怀疑并开始泄气。仨人的碰头让各自沉寂已久的内心又起了波澜。

又是一个周末，仨人在沂蒙路上留下了第一张合影。江非当时随手在纸片上记下了代表仨人共同意愿的一句话："为了共同的诗歌理想，走在不同的诗歌道路上。"事实证明，这一态度多年来已经成为相互交往的最基本原则。生活中是好朋友，写作上却是相对清醒和警惕的。

霍俊明：很多优秀的甚至伟大的诗人的产生都是源自真挚的伟大的诗歌交往，在你的身上我看到了这种友谊的闪光。在我近些年的诗歌阅读中，我发现你是一个相当清醒自知的诗歌写作者。在你的话语中反复出现了一个词——"异乡""外省"。据此我想到在去年十一月份的时候，你读完了我那本关于"70后"先锋诗歌《尴尬的一代》的书稿。我提出"70后"是尴尬的一代人，是具有明显的"外省者"和"异乡人"身份的一代人。

阅读你此前的诗歌以及你刚刚完成的《金银木》《西三环过街天桥》《一个男人走着走着突然哭了起来》等作品我不断地发现你诗歌中的"异乡人"的影像。当你2008年秋天扛着一大捆煎饼来到北京的时候，江非则举家由平墩湖到了海南的澄迈，这种"出走"和"异乡"的状态真的只是一种巧合还是暗合了我们这一代人的集体"宿命"？那么，你是如何看待你以及你诗歌中的"异乡人"的身份的？这个"异乡人"是否是与飞速发展的城市化的进程有关呢？

邰筐：你的问题首先让我想到一个更重要的问题。那就是"诗人身份"的问题。据说，"诗人"一词最早在战国时就有了。《楚辞·九辩》注释说："窃慕诗人之遗风兮，愿托志乎素餐。"《正字通》注释说："屈原作离骚，言遭忧也，今谓诗人为骚人。"这便是"诗人"一词的最早提法之一。

从此以后，"诗人"便成为中国人习用的名词。辞赋兴起之后，又产生"辞人"一词。扬雄《法言·吾子篇》说：

"诗人之赋丽以则，辞人之赋丽以淫。"用"则"和"淫"来划分诗人与辞人的区别，足见在汉代是把"诗人"看得很高贵，把"辞人"看得比较低贱。六朝以后，社会上很看重辞赋，认为上不类诗，下不类赋，以此又创立了"骚人"一词。从战国至盛唐，"诗人"和"骚人"的称号就一直受到人们的尊敬。

从古到今，诗人一直就不是人类社会中的独立主体。"诗人身份"不属于社会身份的范畴，"诗人"仅仅是一个文化身份或精神身份。古希腊荷马的身份是说书唱戏的艺人。屈原的身份是楚国大夫。聂鲁达是一名出色的外交官。帕斯捷尔纳克一生被频频流放饱受失业与病痛的折磨。

"不计其数的古代诗人不是官吏就是准官吏，要么就是帝王面前的一群失宠者，官场争斗中的失意者，现实社会中的厌世者。"而现代社会中一个诗人的社会身份就更复杂了，因为一个小人物他的社会身份基本等同于他的职业身份。生活中他（她）可能是一个农民、工人、教授、医生、商人等等，并由此派生出乡土诗人、打工诗人、学院派诗人、民间派诗人等等。但无情的现实是，职业社会里没有给诗人预留一个位子，因为社会不提供诗人这个职业。因此写诗对于诗人来说，基本都是第二职业，是吃饱喝足以后的事情。

纵观新诗从1914年到2009年在中国不到一百年的发展过程，在不同时期，诗人的身份也发生着明显变化。在"五四"时期，诗人——准确地说，当时应该称他们为"新诗人"——是一群"寻路的启蒙者"。他们是一批社会地位和文化地位相对都很高的人，要么在文化部门任职，要么在大学任教，是社会身份和文化身份高度重合的一个时期。

到了20世纪80年代，诗人碰上了一个千载难寻的"黄金时代"。写诗的人成千上万，爱诗的人千千万万。"诗人"这个称谓第一次让人觉得那么光鲜，以至于青年男女谈恋爱登征婚启事都要注明"爱好文学，发表过诗歌"云云。这一时期，诗人的社会身份和文化身份有点儿被混淆了，"诗人"这个称谓已经具有了某种象征意味，多少带着一些理想和信仰的影子，对诗歌的狂热其实是延续着一代人对政治的狂热。"诗人"在这一时期是被追捧的对象，有点像现在的歌星、影星、球星。

到了90年代，诗人是一群精神高蹈者，灵魂上瘾者。他们普遍有着精英意识和精神洁癖，不屑深陷于人群，他们试图以一个觉醒的独立的文化人姿态与庸俗的拜金主义相抗衡，具有了以自我为中心的英雄式的悲壮。"诗人"在这一时期显然成为某种精英人物的代名词。

而到了21世纪，诗人重新被扔回人群，沦为平民视角下的集体秀，琐碎的、庸俗的、无聊的，甚至下流的，一齐上场。"诗人"在这一时期是不甘寂寞的，但愈是不甘寂寞愈是备受冷落。诗人的社会身份和文化身份是分离的，现实生活与精神世界是分裂的。边缘、冷清、寂寞，诗人坐上了纯物质的冷板凳，尴尬而无奈。

前段时间我读完了你那本关于"70后"先锋诗歌《尴尬的一代》的书稿，给我的印象是比较震撼的。那无疑是对中国"70后"一代诗人的整体印象式评论，必将引发大家对整个"70后"诗歌及其精神境遇的思考，其重要性就不用我说了。你反复强调"70后"诗人是尴尬的一代。这"尴尬"一词一下子就让我想到我们这一代的生存状态。总感觉是一张热脸贴到时代的冷屁股上。我常常有这种感觉，如果生活是一个剧场，那么我既不是剧中的角色，也不是正式的观众，而是一个躲在犄角旮旯里的逃票者，黑暗中却把一切看得真真切切。

诗人在生活当中，到底应该是一个什么样的人呢？我觉得，真正的诗人就应该是走在人群里或待在生活中与他人是没有外在区别的，不同的只是内心。

作为一个写作者，当你面对这个时代的时候，到底应该承担什么角色呢？王国维在《人间词话》第十七则中说："客观之诗人，不可不多阅世。阅世愈深，则材料愈丰富，愈变化，《水浒传》《红楼梦》之作者是也。主观之诗人，不必多阅世。阅世愈浅，则性情愈真，李后主是也。"在这里说了一个主客观的问题。这种怀疑的态度使我重新反思经过的历史，重新判断所要面临的一切。

霍俊明：诚如你所说在不同时代转型的社会节点上，诗人的身份都会发生显豁或潜隐的变位与转换。诗人的身份问题在20世纪90年代以来确实是越来越暧昧和尴尬，你所提到的与诗人身份相关的异乡人角色、怀疑立场、知识分子情怀和清醒的态度与赤子之心无疑道出了诗人的本质。我一直觉得一个诗人语言的态度实际上就是诗歌的态度、生存的态度甚至理想的态度的综合呈现。

你的诗歌语言是具有特色和强烈的个性特征的，值得注意的是在你获得第六届华文青年诗人奖的时候，评委对你语言的评价。谢冕先生认为你的语言"略嫌松散"，而叶延滨则认为你的语言是"质朴甚至粗粝的"。那么，你如何看待自己的诗歌语言？这种诗歌语言是在什么条件和状态下产生的，它体现了你怎样的生存态度甚至话语方式？

邰筐：我在集中抒写我参与城市生活的一批诗歌中，语言是粗粝的，排比铺陈的也多一些，可我认为那都是必要的，是恰到好处地表达。这里头多多少少有些基于后现代写法上的刻意。但是不是有些矫枉过正，这还需要时间的评判。我个人固执地认为，粗粝得还不够，我渴望自己的诗歌语言具有钢铁之声、青铜之气。这也正是目前诗坛最缺少的。

我觉得当下的诗歌有点儿娘娘腔，阴柔有余，阳刚不足。我们看到的只是月亮的光辉，银子的质地。而与这个时代相对应的那种声音却始终没有出现。很多时候，写法其实是受题材控制的。在面对泥沙俱下的城市的时候，你能像对着乡村的一片麦地一样去煽情吗？显然不能。我有一个理想，这仅仅是一个理想，那就是期望我的写作能找到与这个时代的对称点。我要做回这个时代中的一个人，而不仅仅是诗人，不回避、不逃避，勇敢地承担起自己需要承担的那一部分。至于我的诗歌语言是在什么条件和状态下产生的，它到底体现了我怎样的生存态度甚至诗歌理想？这也不是一两句话能说明白的，我只想说一点：当我明白"遁世只是一种姿态，而不是解决问题的办法"之后，我并不缺乏直面这个时代的勇气！当我突然在城市上空听到一阵清丽的歌唱，我可能就会兴奋地告诉你："瞧，我找到了这个时代的夜莺！"

霍俊明：确实，生存场景的变更、题材和经验的转换都最为直接地涉及诗歌语言的特征和转换。你所提及的做一个时代的夜莺，几十年来已经很少有人有这种想法了。但我想争做时代的夜莺恰恰最为有力地呈现了你的先锋精神，既然我们不能回避那就让我们迎头赶上。在21世纪以来，诗人的社会担当受到了越来越多的关注，那么诗人要不要担当，如何担当？你对"时代性"如何理解？你认为诗歌和时代应该保持一种什么关系？

邰筐：好诗歌是超越了意识形态的稀薄的空气，它无法完成对时代的投怀送抱。一首诗首先具有了文学性才能谈其他。今天越来越多的人在谈杜甫的当代性，也就是说一千三百年前的老杜符合了今天的时代性。诗歌只和情感有关。我们用诗歌的形式记下了我们的所思所想，也就记下了这个时代。

霍俊明：加速度的时代需要的是一种"慢"的写作，而对时代的担当不是受制于时代伦理的强加，诗人对社会的担当最终还是体现在一首诗歌的写作上。而在时下的底层写作和打工文学的热潮中，越来越多的诗人出现了可怕的道德化、功用化和唯题材说的时代弊病。作为"70后"诗歌的代表性诗人，你如何认识这一代人的生存境遇与诗歌写作之间存在着怎样复杂的关系，或者说这一代的诗歌写作有何优势和缺陷？很多人都曾经一次次误读"70后"一代人，刘小枫认为"70后"是"游戏的一代"，林贤治更是认为"70后"是中国"垮掉的一代"，甚至还指认"70后"是"中产阶级"的消费写作。你怎么看待这些人对"70后"的评价？令人极其悲哀的是时至目前的诗歌批评界一谈到"70后"诗歌仍然是谈论"下半身"写作，甚至是抱有相当的道德批判的态度。实际上，他们没有看到沈浩波等诗人近些年来在诗歌写作上的变化，更没有看到中国"70后"这一代人诗歌写作的成就和价值。而诗歌界对"70后"的误读和偏见的原因，是否与"70后"一代人以及其他的诗人，尤其是诗歌批评者所做的相关推动工作不足有着关联呢？还是有着其他的复杂原因，比如批评家的原因，或者"70后"诗人的原因等等。

邰筐：在回答这些问题之前，我先说说我的生活经历。像天下所有好高骛远的少年一样，从十四岁读初中那会儿开始，我就悄悄做起了文学梦，英语课上偷偷读普希金，数学课上秘密研究巴尔扎克，和同学邱剑锋、张雁飞、张雁德一起办文学社，出手抄报，周末去苎麻脱胶厂向"北国风诗社"的杜振彬和王清涛请教，利用假期骑着一辆大金鹿自行车到七八十里之外的临沂城去听小说家刘玉堂的文学讲座……可想而知，转移了学习兴趣之后，考试成绩一塌糊涂。

父母从我身上经历了从引以为傲到气急败坏到彻底绝望的过程。我在家是老大，父母很期望我起个模范带头作用。到现在每每提起此事，我都感到深深的羞愧和自责。好在弟弟妹妹都比我争气得多，各有特长和手艺，现在都活得很踏实。而我十年磨一剑却磨成了一块浑身是刺的铁锉。一晃二十多年过去了，我再也没有回到过去的乡村生活。而是享用着城里的暖气、空调、面包、自来水，心却好像一刻也没在这儿待过。我在柏油路上蹭来蹭去，却始终没有蹭掉身上的高粱花子。

　　我和其他的新兴市民一样天天洗澡，却始终没有洗去一身的土腥味。我的乡村出身和既往的乡村经验，使我对城市的繁华喧嚣几乎有一种与生俱来的排斥和不适感。但我已经回不去了。快四十岁了终于明白，人活着就注定是一场失败，不是败给那曾经豪情万丈的理想，而是败给那无休无止的缓慢的时光。

　　我之所以要在这里不厌其烦地描述出这些场景，实在是因为，我觉得这里头多多少少包含着一代人的共性。作为"70后"，我们就像崖缝中生长的树苗，被来自不同方向的外力强行扭曲成了现实中一副庸俗的模样。计划经济向市场经济的转轨，城乡的巨大差异，向全球一体化的过渡，时代的物化，金钱的毁灭性诱惑，理想的迷失，精神的虚无，生存的危机和人性的尴尬……我们还没准备好，这一切就把我们彻底淹没了，我们的心变成了一个巨大的漏斗。

　　如果说"70后"这一代人的生存境遇与诗歌写作之间到底存在着怎样的关系？我只能说我们这一代在生活里陷得太深了。

我们在诗歌写作上，从朦胧诗和第三代那里获取了最为直接的经验和教训，该避的都避开了，少走了不少弯路。可以说是把诗歌写得最明白的一个时期，唬人的东西少了。大家都明白了，诗歌发展到今天，谁再死揪着什么知识分子、口语、泛口语不放，再拿着什么下半身、垃圾派、打工诗歌说事，那他肯定被怀疑缺心眼儿。

但也不得不承认这种集体的向低向下，造就了一大批庸常的、琐碎的、无聊的诗歌产品。不免让许多看家看得着急上火，恨铁不成钢。但任何武断的话都显得为时尚早。这两年"70后"写作集体进入一个平滑期，吹牛皮、说狠话、狂言诈语的少了。大家似乎都在默默地积攒着力量。我个人以为，"70后"除了古典文学底子的贫乏，好像也缺少对中国新诗百年的梳理，缺少对中国新诗发展过程的理性认识。也许"70后"中谁的诗歌率先出现了现在普遍缺少的那种"理想之光"，率先把准了这个时代的脉搏，搞好了人性批判，谁就是最后的胜者。

霍俊明：在你的诗歌写作中，城市、乡村和个体一直是你诗歌写作的核心元素，尤其是你关于城市的抒写已经形成了自己个性化的风格并且得到了诗歌界的普遍认可甚至赞誉。而我已经认识到，实际上，目前中国诗歌界关于城市和乡村的写作，甚至涵括"底层写作"和"打工诗歌"都出现了很多问题，甚至是出现了危机，我想你已经认识到了。目前无论是关于城市的批判、乡村的认同，还是"底层"和"打工"的时代

"乡愁"都带有了强烈的道德化倾向和题材优势，甚至在广东诗歌界以及全国形成了一种流行的"主流"写作，甚至什么"新农村"成了国家主流文化的一种强势性表征。我曾一度非常喜欢"打工诗人"郑小琼的诗歌，但是，读她近期的诗歌和散文，我越来越觉得她是被诗人、读者、批评家甚至体制所认同甚至"宠爱"的诗人，实际上郑小琼的诗歌写作成了一种"体制"的样板。那么，你是如何看待这些问题的？

邰筐：这几年，诗歌的发展真是一派繁荣、庞杂和无序。官刊、民刊、网络到处都是，"乱花渐欲迷人眼"。写了几天也自封一个著名诗人，临屏写作者鼠标轻轻一点，一秒钟后"大作"就会天下人皆知。写作者的黑暗期在缩短，写作的神圣感在丧失，编辑的标准在降低，甚至连最基本的底线都快没有了。

翻开一些最重要的文学期刊，也难见几首让人眼睛为之一亮、心为之一振的好诗。多数民刊则成为哥们、圈子、帮派的集散地和炫技的大本营，离他们自诩的民主自由之风也相去甚远，相比官方刊物也没见有什么高明之处。有的只是利用和被利用。网络上的好诗更是凤毛麟角，更多的是泄愤露丑式的文字垃圾。

久而久之，诗坛到处充斥着浮泛跟风和煽情流俗之作。"乡村"成了诗歌投机者的乐园，"打工"成了一块不尴不尬的招牌，在这两个阵营之后，仍然跟随着为数不少的一帮子从众。还有什么什么体的恶搞，更有几个以丑为美的"精英"以娱乐至死的精神跳到了风口浪尖，大大败坏了大众的诗歌胃口，让外围许多不太明白的读者产生了一种错觉，以为现在诗人都那样。

你既然说起郑小琼的诗歌，那我也说两句。我至今没见过小琼，但却看过她不少诗歌和散文，她一直是我喜欢和关注的对象。这几年，她的受关注度确实很高，这对一个写作者来说，未必是一件好事。但据我所知，小琼天生是一个内向低调不爱热闹的人，在种种名利面前，"80后"的她至少保持着目前这种清醒就已经难能可贵。至于被诗人、读者、批评家甚至体制认同、追捧，也许都只是一厢情愿的事。和小琼好像也没有多大关系。相反，她可能会越写越好。

霍俊明：在近期去海南的时候，江非谈到近来的诗歌写作带有越来越多"回忆"的状态，并且诗歌中出现了大量的"秋天"景象。不知道你有没有意识到，你近期的诗歌写作中也同样出现了大量的"秋天"意象和背景。你这些诗歌写作的时候我想这不是简单的一种时间背景或传统的"悲秋"意绪，而更可能是一种诗歌写作的状态，即"70后"一代人的诗歌写作已经带有了或显或隐的"中年状态"，不知道你怎么看待这种诗歌写作的带有过渡性质的状态？江非认为这种诗歌写作的"中年状态"是具有双重性的，既会使得诗歌写作精神更为丰富、迟缓和深入，也会丧失青春期诗歌写作的激情与冲动。

邰筐：按我老家的话说，"70后"一代，也都老大不小了。最大的近四十岁了，最小的也已到而立之年。那张青春的皮早该褪去了。诗人们无论写作的技艺还是日常经验的处理都日渐趋于成熟。相反地，内心的激情远比体内的钙质流失得快。这是个悖论。每个人都面临着"变脸"和"摆脱"。看过川剧变脸的人都知道，那一瞬间的变化简直太神奇了，你永远不知道它下面会出现一张什么样的脸。今天的社会，城市化进程如此之迅速，社会进入了一个无限制的复制时代，不断重复，不断复制。到哪里都是一样的，街道、名字、生活、情感等等，都是大同小异的。当下的诗歌创作也有这种毛病。我们每个人也都面临着一场变脸。我们的问题是生活经验的重新体验。摆脱他人的生活经验和他人的写作经验。别人的再好总归是人家的。对你来说，有时恰恰是一种灾难。

好诗总是独特的，这样的作者很高明，他们知道在自己的作品里打下属于自己的烙印。不过我个人一直不太相信天才的说法，谁都会有某种天分，只是有时没被自己或别人发现罢了。天才独来独往，天才天马行空，哪里有我等俗人这样的忍耐力啊，要么早死了，要么早改行了。有勇气活下来的人都是笨蛋。慢慢地写着，写着写着技艺就会越来越娴熟，写着写着有一天就突然开窍了。慢慢地熬着，只要你不死，熬着熬着也许你就熬成了"大师"。哈哈——

霍俊明：近几年，你凭借对城市文明的全息性审视和对"城市纪事"话语方式持续专一的强势据守，体现出与其他同时代诗人迥然不同的诗歌质地，你以新的纪实性元素、诗歌题材集纳的体系性等鲜明特点，构筑了独属于自己的一套诗歌话语策略，呈现了当下诗歌的一种重要类型，引领了一个新的诗歌走向。由此成为21世纪以来最为活跃和备受瞩目的青年诗人之一。在你看来，诗歌有界定的标准吗？如果有，你认为一首诗好坏的标准是啥？

邰筐：这是一个难以回答的问题。因为衡量一首诗好坏的标准不是写在教科书上，而是藏在每个人的心里。它受每个人的涵养、见识、日常经验以及对艺术认知力的限制，标准也是不同的。

对于一首诗好坏的标准，我在《诗话》里回答得非常详细和具体，这里就不赘述了。

霍俊明：我想和你谈论交流一下一个重要的诗学问题，就是关于诗歌写作的叙事性和抒情性的问题。我曾在《暧昧的强夺：90年代以来的诗歌批评》一文中强调，是到了重新认识和反思90年代以来的诗歌写作的叙事性和个性化问题的时候了，然而遗憾的是目前的诗人和批评家能够认识到这个问题重要性的并不在多数。在1989年以来的近二十年的诗歌写作中，叙事性（戏剧化、日常化）成了诗歌写作的显学和美学圭臬，相反诗歌的抒情本质却一再被忽略和搁置，甚至被认为是一种"小儿科"的低级游戏。实际上，这在我看来是误解了诗歌的叙事性和抒情性的关系。对你的诗歌评价也是如此，有人认为你的诗歌写作中有大量的叙事性元素，而我认为这种叙事性实际上是中国转型期和城市以及现代化进程中一种诗歌抒情方式的特殊呈现。不知道你如何认识和评价90年代以来诗歌写作的叙事性和抒情性问题？请说一下你诗歌写作中对叙事和抒情的认识以及你是如何完成具体的操作的？

邰筐：从朦胧诗以来，这一直就是个纠缠不清的问题。我认为，最大的问题可能就是缺少节制的问题，是"泛抒情"的问题，也是"泛叙事"的问题。"泛抒情"泛到煽情、滥情，"泛叙事"泛到平庸、琐碎，毫无诗性。

我的抒情中包含叙事元素，我觉得我一直是在抒情，但拒绝煽情。我的抒情受以下六个元素的约束：

一、让高贵的诗歌精神重新在常态生活中焕发出光芒。

二、真实、客观、朴素、准确、冷静地记录、剖析和反思生活，让记录历史的笔带着回忆的气息发出当下的声音。

三、要完成从"生活的真实"向"文学的真实"过渡。

四、要让语言从你手中发生化学反应，而不是物理作用。

五、必须提高对现实的提纯能力，任何不着边际的胡说都是缺乏自信心的表现。

六、要通过文字最终找到你的另一个故乡。

因为我把"现实感"和"真实性"放在了第一位。我的这种取舍决定了我诗歌的言说方式。我把这种带有浓厚"叙述"成分的抒情方式定义为一种"冷抒情"。我用这种方式准确记录了城市角角落落的细微变化，其实也就写活了中国转型期的城市，写活了这个时代。我写作的最大意义不仅仅是为这个时代留下一曲挽歌，而是从没放弃对理想家园的追寻。

所谓"现实感"和"真实性"，在现实中，两者的差别在哪里呢？很多人说，真实是艺术的灵魂，但是谁能说出真实的标准是什么？它如何定义？可能会遇到很多困难。肯定地说，真实是存在的，但是我们无法控制它。有时两者是颠倒的。看到一个人把另一个人打倒，我们的情感会做出判断，马上同情弱者。但是它的真相你没有看到——被打的人是小偷。有时候，我们看到的已经不是真相，不是生活的本来面貌。很多事情，经过作者的笔端之后，已经被作者所过滤，失掉了与原来事物之间的联系，不再是原有的真实。

很多时候，生活是没有绝对真实可言的，我们仅仅是借助既定的经验和回忆来试图接近生活的真相。一个写作者应该拥有它自己的真实的标准，或者说，他个人创作的追求标准，那就是，一个诗人必须要有自己真实的内心。从一个侧面说，这是生活和内心的关系。也就是说，我们要去发现生活中不存在的存在，不真实的真实。

更大的一个问题出来了：那就是我们应该面对怎样的现实。我们面对今天这个时代，应该多问几个为什么。面对写作的时候我是个十足的怀疑主义者，只有具备了怀疑的态度，你才会重新反思你所经过的历史，重新判断你所面临的一切。现实世界千变万化、千头万绪，一团乱麻。只有在现实社会中学会做一个旁观者或者做一个具有旁观头脑的参与者，才不至于在现实生活中陷得太深。要以旁观者的思考做参与者的写作。要以一个异乡人的身份去重新审视你生活的地方。换句话说，我们在企图还原生活的真实时，一定要保持心灵的真实。一个优秀的诗人心中其实都应该装着两个故乡：一个是生养他的村庄，一个是他灵魂的远方。